JN319622

狩り

居眠り同心 影御用15

早見 俊

時代小説

二見時代小説文庫

闇の狐狩り——居眠り同心 影御用15

目次

第一章　鷹場《たかば》の御用

一

文化《ぶんか》十二年（一八一五）、霜月《しもつき》の二十日。

冬が深くなり、夜ともなると風が身に沁みる。北町奉行所同心蔵間源之助《くらまげんのすけ》は懇意《こんい》にしている日本橋長谷川町《にほんばしはせがわちょう》の履物《はきもの》問屋杵屋《きねや》の主善右衛門《ぜんえもん》と碁《ご》を打ち、その帰り道にある。碁といっても、源之助も善右衛門も覚えたてだ。お互い、ぎこちなく手さぐりになりながら進めていくと、下手《へた》は下手なりに楽しむことができる。ついつい夢中になり、時が経つのも忘れて打ちつづけているうちに暗くなってしまった。

善右衛門宅から帰り支度をして帰途についたのは夜五つ（八時）を回っていた。それでも、日本橋から八丁堀《はっちょうぼり》は四半時《しはんとき》もあれば辿《たど》り着けるからと高を括《くく》っていたが、襟首《えりくび》からも忍び入る寒風に晒《さら》されると、もっと早く帰ればよかったという後悔が胸を過《よ》ぎる。

白衣帯刀《はくいたいとう》、小銀杏《こいちょう》に結った髷《まげ》という八丁堀同心特有の身形《みなり》、浅黒く日に焼けたいかつい顔と相まって、近づきがたい雰囲気を醸《かも》し出しているが、懐手《ふところで》となって背中を丸め夜道を行く姿はくたびれた中年男である。おまけに、足取りが重い。

「やれ、やれ」

歩みが遅くなっているのは、寒さのせいばかりではない。源之助はふと立ち止まり雪駄《せった》を見下ろした。雪駄の底に薄く伸ばした鉛《なまり》の板が敷いてある。杵屋善右衛門に頼んで特別にあつらえてもらった。捕物や罪人との争いで武器にしようという源之助なりの工夫だが、年が明ければ四十八歳になるとあっては、いささか負担になっている。

「いかん、いかん」

へこたれている場合ではないと再び歩き始める。袖《そで》から手を出し、寒風と老いに逆らうように背筋を伸ばして大股に進んだ。

八丁堀の屋敷街近く、楓川《もみじがわ》に架かる越中橋《えっちゅうばし》に至ったところで人の気配がする。

両手の指を小刻みに動かし、血の巡りをよくしながら、

「物盗《ものと》りか。ならば、お門違《かどちが》いだぞ。あいにくと手元不如意《ふにょい》だ」

闇に向かって声を放つ。白い息がすうっと横に流れた。同時に左の親指で大刀の鯉口《こいぐち》を切る。

川添いに植えられた柳の陰から四人の男が現れた。いずれも黒覆面《くろふくめん》の侍である。素性を確かめる間もなく、揃って抜刀し、源之助めがけて斬りかかってきた。すかさず左に体《たい》をかわす。敵が右にそれ、突風が源之助の頰を撫《な》でた。

すかさず、大刀を抜き左から斬り込んで来た敵に払斬りを見舞う。返す刀で右の敵の刃《やいば》を跳ね上げるや間髪容《かんはつい》れず、背後の敵に向き直り籠手《こて》を打つ。敵の刀が地べたに転がった。そこへ木枯《こが》らしが絡んだ。

残る一人にいかつい顔を向ける。

寒月に照らされた敵は、覆面を被っているため面相はわからないが、長身で瘦《や》せぎすの陰影を刻んでいる。大刀を正眼《せいがん》に構えているものの、切っ先が微妙に震え、刃傷沙汰《にんじょうざた》に不慣れなようである。苦もなく倒せるが、相手の素性と襲撃の理由を知りたい。

「わたしは、北町の同心蔵間源之助と申す。人違いでなくば、刃傷沙汰に及んだわけが知りたい」

相手は答えることなく源之助を見ていたが、やがて仲間三人を引き連れ闇へと消えった。剣の腕は大したことはないが、逃げ足は見事と声をかけたくなるほどに迅速《じんそく》であった。

源之助は寒さを忘れ燃え立つ気持ちを静め、納刀して闇に目を凝らす。あの者たちは一体何者なのだろう。少なくとも、物盗りではなかった。与《くみ》しやすくはあったが、真剣を操っての動きは本物の侍に違いない。

斬りかかってきたということは、自分の命を狙ったということだろう。町奉行所の同心という仕事柄、恨みを買うことは珍しくはない。

しかし、侍に恨みを買う覚えはない。

いや、人は思いもかけないところで恨みを抱かれるものだ。今は思いつかないし、いくら思案したところで、答えは得られないだろう。

源之助は胸に大きなわだかまりを抱きながら夜道を急いだ。

幸い、それから襲われることはなく八丁堀の組屋敷へと戻って来た。

木戸門を潜り、飛び石伝いに母屋《おもや》へ向かう。枯葉が舞い、闘争で燃え立った血が冷やされる。左手には息子源太郎《げんたろう》と嫁美津《みつ》の住居が夜陰におぼめいていた。玄関の格子戸を開けると奥から妻久恵《ひさえ》がやって来て式台に三つ指をついた。

「遅くなった」

謎の武士たちに襲われたことは告げず、ぶっきらぼうに声をかけると久恵は普段通り、

「お帰りなされませ」

と、源之助の大刀を預かった。

廊下を奥に進んで居間に入る。

隅に碁盤と碁石がある。息子源太郎の嫁、美津が、源之助が碁を始めたと聞いて、贈ってくれた。その上、美津は碁が達者であることから、教授もしてくれるようになった。

「お食事はいかがされますか」

「善右衛門殿の御宅でご馳走《ちそう》になった。茶でももらおうか」

言うや碁盤を引き寄せ黒白の石を並べ始めた。あれこれと思案をしながら、打ってゆく。久恵が茶を持って来てそっと源之助の横に置いた。源之助は湯呑に手を伸ばし、茶を啜《すす》った。

「すっかり、夢中になられましたね」

久恵は源之助が趣味を持ってくれたことをうれしく思っているようだ。源之助は久

恵の視線を感じ取り照れ隠しにこほんと空咳をした。

「お身体にさわらないようにほどほどになさってください」

久恵は居間から出て行った。碁盤を睨《にら》んでいると、嫌でも先ほどの襲撃のことが思い出される。

あれは、一体なんであったのだろう。


明くる二十一日の朝、源之助は北町奉行所に出仕《しゅっし》した。両御組姓名掛《りょうおんくみせいめいがかり》、源之助が所属する部署である。所属するといっても、源之助一人のみの窓際部署だ。仕事といえば、南北町奉行所の与力、同心の名簿作成である。本人や身内が死亡したり、縁談があったり、子供が生まれたりした時に、その都度《つど》名簿に書き加えていく。いたって閑《ひま》な部署である。そのため、南北町奉行所合わせて源之助ただ一人という閑職だ。

人呼んで居眠り番。

従って、奉行所の建屋《たてや》内に部屋はない。築地塀《ついじべい》に沿って建つ土蔵の一つを間借りしている。それはそれで、源之助には都合がいい。勝手気儘《きまま》に過ごせるし、煩《わずら》わしい人間関係に気を遣うこともない。

土蔵の中では、三方の壁に棚が立ち、南北町奉行所別に、与力、同心の名簿がずらりと並んでいた。

板敷には畳が二畳敷かれ、小机や火鉢が置かれている。火箸《ひばし》で灰を掻《か》き混ぜ、火を熾《おこ》した。

さて、やることがない。

碁盤を置きたい誘惑に駆られたが、さすがにそれはできない。いくら閑を持て余しているといっても、御公儀より三十俵二人扶持《ぶち》という禄《ろく》を下賜《かし》されているからには、碁をやってはまずい。

碁は奉行所を下がってから、善右衛門宅までの辛抱だと己を戒《いまし》める。では、それまでに何をやって閑を潰そうかと思案したところで、引き戸が開けられた。

朝日を受け、黒い影となっているのは侍である。

——あっ——

痩せぎすに長身という陰影から、昨晩の襲撃者の一人、しかも、首領格の男とわかった。一瞬、身構えたが、相手に殺気が感じられないことから背筋を伸ばすに留めた。

相手はぺこりと頭を下げる。

「昨晩の方ですかな」

源之助が声をかけると、

「昨夜は大変に失礼致した。拙者、寺社奉行大杉安芸守《おおすぎあきのかみ》さま用人並河彪一郎《なみかわひょういちろう》と申します」

寺社奉行の役人だったのか。いや、役人というわけではない。用人ということは、大杉安芸守盛定《もりさだ》の私的な家来ということだろう。

それが、どうして自分を襲ったのだ。そして、なぜ自分を訪ねて来たのだ。

その疑問は本人の口から聞かされるだろう。

寺社奉行大杉安芸守は下野国小山《しもつけのくにおやま》城主、五万五千石である。小山藩大杉家は譜代名門で、累代の藩主には老中となった者もおり、当代安芸守盛定も寺社奉行にあることから、将来は老中に昇進することが期待されている。

一方で大杉家にはよくない噂があった。

藩主盛定の弟盛次《もりつぐ》についてである。盛定は先代藩主盛高《もりたか》が寵愛《ちょうあい》した側室に産ませた子であった。正室に子はなく、十五歳で元服と同時に跡継ぎとされた。

ところが世の中わからないものである。

その直後、正室に男子が生まれたのだ。盛高は狂喜したが、御家騒動になることを恐れ、あくまで跡継ぎは盛定であると遺言し、三年後に死去した。この遺言が功を奏し、大杉家は平穏のうちに過ぎ、盛定は藩主となりやがて二十八歳で奏者番《そうじゃばん》となった。更には二年前、三十三歳で寺社奉行に就任した。この間、盛次は十五歳で元服し今年二十歳となった。

ところが盛次、八歳の時に疱瘡《ほうそう》を患《わずら》い、顔に痘痕《あばた》が残った。正室の子でありながら家督を継げなかった悔しさと、痘痕の残った面相への劣等感により、元服してから行状が乱れたという。

穏やかに過ごしていたと思ったら、乱心としか思えない暴れようを見せる。無礼討《ぶれいう》ちと称して女中たちを斬り捨てる。しかも、単に斬殺するだけではなく、耳や鼻を削いだり、両目をえぐり取ったりという身の毛もよだつような残酷無比の乱暴ぶりだとか。もっとも、これは、物見高い江戸っ子たちが楽しむ瓦版《かわらばん》に載った噂話に過ぎないのだが。

奥女中惨殺の真偽はともかく、信憑性《しんぴょうせい》のある話としては、盛次が無類の能好きということである。日がな一日、能舞台で過ごすことも珍しくないそうだ。盛次が能に耽溺《たんでき》するのは、能面で己が醜悪な面相を隠せるからだと口さがない連中は噂している。

ともかく、そんな盛次の悪評ばかりが耳に届く大杉家だ。

「入られよ」

源之助は軽く頭を下げた。

「失礼致します」

並河は腰を低くして入って来た。黒紋付、仙台平《せんだいひら》の袴《はかま》はきちんと手入れがなされ、動きも武士らしいきびきびとしたものである。剣のぎこちなさとはあまりに対照的な所作ながら、さすがは譜代名門大名家の用人という雰囲気を醸し出していた。

並河は源之助の前に来ると正座をし、改めて挨拶《あいさつ》と、昨夜のことを詫びてきた。正直言って、詫びを入れられるよりもわけを知りたいところである。

無言で襲撃の理由を知りたいという気持ちを双眸《そうぼう》に込めた。並河もよくわかっているらしく、

「昨夜、蔵間殿に刃を向けたのは、失礼ながら貴殿の腕を試させていただいた次第でござる」

腕試しとはふざけている。闇討ちにも等しい所業は、たとえ、殺す意志はなかったとしてもはいそうですかと受け入れられるものではない。

「拙者の腕を試されて、なんとしますか」

不満な気持ちを声に表した。

並河は申し訳ないと頭を下げてから、

「近々のうちに正式な話があると存ずるが、御公儀においては墨引《すみび》きと朱引《しゅび》きの間の土地の治安を強化したい。ついては、その治安にあたる人間を選んでおる」

　朱引きとは江戸府内を示す。絵図において朱色で江戸の境を表している。一方、墨引きはその江戸府内にあって町奉行所が管轄する地域である。墨引きと朱引きの間の土地は勘定方や寺社方が管轄している。いずれも、幕府直轄の天領である。

　天領の治安強化といえば、八州廻《はっしゅうまわ》りが置かれている。関八州《かんはっしゅう》にある天領の治安悪化に伴って、宿場を中心に巡回する役人が設置された。

　今回は朱引きと墨引きの間の天領の治安を強化しようというのか。

「ともかく、事態は急を要する」

「何か、急に設置せねばならないわけでもあるのですか」

　どうも、並河は本音を言っていない気がする。朱引きと墨引きの間に存する天領の治安強化を幕府が推進するとしたら、南北町奉行所、火盗改《かとうあらため》挙げての役目となり、居眠り番と揶揄《やゆ》される自分に持ってこられるはずはない。それにもかかわらず腕試しをしてまで源之助に依頼するというのは、何か特別な役目があるのではなかろうか。

　源之助の心の内を見透かしたのか、

「本音を申せば、朱引きと墨引きの間と申しても、治安を強化したいのは王子村《おうじむら》、上《かみ》

「王子村、上中里村と申されると、公方《くぼう》さまの御鷹場《たかば》、すなわち岩淵筋《いわぶちすじ》ではござらぬか」

江戸近郊には将軍のための鷹場が六か所あった。すなわち、中野《なかの》筋、目黒《めぐろ》筋、戸田《とだ》筋、品川《しながわ》筋、岩淵筋、葛西《かさい》筋である。いずれも、将軍以外は鷹狩をすることは禁じられ、鷹場に指定された土地には鳥見役《とりみやく》といって、将軍所有の鷹のための餌《えさ》と鷹場を管理する役人が配置されている。

「いかにも。しかも、近々、公方さまにおかれましては、岩淵筋で御鷹狩を催される予定でござる」

やはりである。朱引き、墨引きの間の天領の治安強化といっても、実際は将軍鷹狩にあたり治安強化したいということだ。

「すると、その警護ということですか」

「警護にも従事していただくことになるとは思うが、それよりは、事前に解決していただきたい事件が起きているのでござる」

並河は声を潜めた。

その表情はひどく秘密めいていて、まさしくただならないものを感じる。

無言で何だと問いかける。

「殺しでござる」

並河の声は小声になった。

「どのような」

「岩淵筋の村人どもが殺されております。既に、三人もの娘が犠牲になっておるのです」

並河の話は俄《にわ》かに恐ろしいものへと変化していった。

「それをわたしに落着させよと」

「そういうことでござる」

「鳥見役のみなさまは探索なされないのですか」

岩淵筋などの将軍鷹場を管理するのは鳥見役と呼ばれる役人たちだ。本来は将軍の鷹の餌を供給する役であったが、鷹場全体の治安や年貢収納、更には探索を担うようになった。組頭《くみがしら》は役高二百俵だから、南北町奉行所の与力並、平《ひら》の鳥見役でも八十俵取りであるから、三十俵二人扶持の八丁堀同心よりもずいぶんと上である。

六つの鷹場のうち、中野筋、目黒筋、戸田筋には四人、品川筋には五人、岩淵筋には八人、葛西筋には十人の鳥見役がいた。

「鳥見役は公方さまの御鷹狩の準備で手が離せぬのでござる」

並河は言った。

「そういうことですか」

どのような事情にせよ、殺しの探索を任せられるということで不謹慎《ふきんしん》ながら、源之助の胸が高鳴った。

二

「蔵間殿を見込んで、是非とも、探索を行っていただきたい」

並河の申し出に、

「お引き受け致すと即答申し上げたいところですが」

事実、源之助は殺しの探索と聞いて同心としての本能が呼び覚まされたような気分に浸った。ところがいくら窓際といえ、源之助とて北町奉行所に所属する同心だ。奉行所に無断で将軍の鷹場である岩淵筋で探索を行うわけにはいかない。

すると、それを察知したように並河が言った。

「むろん、寺社奉行大杉安芸守さまより、町奉行永田備後守《ながたびんごのかみ》さまへは、本日にも申し越す所存」

並河が言うには、幕閣の間でも岩淵筋での殺しは問題となっており、その対策として鳥見役を助勢するということが協議されたという。

「よって、差配違いながら辣腕《らつわん》の町方同心を派遣しようということになったのでござる。拙者は蔵間殿の評判を聞きつけ、まさしく今回の御役目にはぴったりの人材とわが殿に推挙した次第」

並河はさもありがたく思えと言いたいようだ。大杉安芸守は岩淵筋で行われる将軍鷹狩の責任者だという。

「それで、拙者を腕試ししたということですな」

いささか皮肉を込めて言った。並河もばつが悪そうに俯《うつむ》いてから、

「今日にも、御奉行永田さまよりお話があると存ずる。是非とも、ご承知くだされ」

と、軽く頭を下げた。

「わかりました。御奉行のご命令があれば、お受け致します」

源之助は言った。

「では、よしなに」

並河は出て行った。

「岩淵筋か」

源之助は飛鳥山《あすかやま》の光景を思い描いた。飛鳥山は春の桜が有名だが、秋は紅葉狩《もみじが》り、夏は滝見、冬は雪景色を楽しむことができる。もっとも、寒風にさらされ、楽しむのは楽ではないし、第一、物見遊山《ものみゆさん》に行くのではない。

それにしても、思いもかけない役目が転がり込んできたものである。居眠り番に左遷《させん》されてからも、源之助の辣腕ぶりを頼って個人的な相談が持ち込まれたことはある。大抵《たいてい》は、表沙汰にはできない探索だ。奉行所の手を借りるわけにはいかない役目を担う。

それを源之助は影御用《かげごよう》と呼んでいる。

今回の影御用は寺社奉行から依頼された公式な御用であるだけに、影御用とは呼べないのかもしれないが、それでも、閑をかこつ源之助には遣《や》り甲斐《がい》のあるものだ。

そう思うと、居ても立ってもいられなかった。

その日の夕刻、源之助は町奉行永田備後守正道《まさみち》に呼ばれた。きっと、並河が言っていた岩淵筋を騒がす娘殺しの一件だろうと予想できる。奉行の用部屋に入る。内与力《うちよりき》なり、誰かがいると思ったが、意外にも永田一人だった。それだけに緊張感が一層高まる。

永田は小袖の着流しという気楽な格好で源之助を迎えた。寒さ厳しき折、火鉢《ひばち》も使わないのは、壮健さを物語っているようであり、頑健を以って知られる町方の与力、同心を統《す》べる者の気概を示しているようでもある。

「蔵間、達者そうじゃな」

永田は温和な笑みを送ってきた。

「身体は頑強にできております」

火鉢がないのが少しの苦にならないとばかりに胸を張った。

「そうか」

永田はおかしそうにくすりと笑った。源之助は永田の言葉を待つ。

「実はのう、そなたに大事な役目を担《にな》ってもらわねばならぬ」

永田はまずはこう切り出した。

「なんなりと」

並河から聞いたとは言えない。神妙な顔つきをして永田に対した。

「岩淵筋に行ってもらいたい」

「御意《ぎょい》」

勢いよく返事をした。永田は一瞬、おやっという顔になったがすぐに、

「そなたも存じておるように、王子村や中里村は公方さまの御鷹場、すなわち岩淵筋と呼ばれ、鳥見役屋敷があり、鳥見役組頭青野茂一郎《あおのもいちろう》殿が管理をしておる。今回、その岩淵筋で不穏な事件が起きておる。近日、公方さまの御鷹狩が催される前とあって、いささかなりとも粗相《そそう》があってはならぬ。そこで、差配違いながら当奉行所から青野殿に応援を出すことになった。できるだけ腕の立つ男ということで、寺社奉行大杉安芸守さまはそなたに白羽の矢を立てた。むろん、わしも蔵間なれば間違いなしとお引き受けした」

「町方の同心としまして、無上の喜びであり、子々孫々に至る名誉と存じます」

自分でも大袈裟《おおげさ》に過ぎると思ったが、永田は満足そうにうなずいた。それどころか労《いた》わりさえ示してくれた。

「うむ、すまぬな」

「滅相《めっそう》もございません」

「ついては、岩淵筋まで通うことは難儀であるし、役目は昼夜関係なく行われることもあり、岩淵筋で寝泊まりをしてもらうこととなる」

「承知致しました」

「公方さまの御鷹狩は十日後じゃ、それまでに、なんとしても下手人《げしゅにん》を挙げよ」

永田は懇願口調となっている。それだけ、永田も幕閣から圧力をかけられているのであろう。

「畏《おそ》れながら、公方さまの御鷹狩、日延べするわけにはまいらぬのですか」

「それはできぬ。すでに、王子村や中里村一帯、いや、幕閣や諸大名方にも触れを出したのだ。それが、岩淵筋の情勢が不穏だからといって、日延べなどはできぬ」

永田は強い口調になった。

源之助はいかにも不遜《ふそん》なことを言った気分になってしまった。それでも、

「ちと、小耳に挟んだのですが、岩淵筋の殺し、鳥見役方は探索なさらないとか」

すると永田の目が険《けわ》しくなった。

「誰からそのようなこと」

思いの外《ほか》、永田の厳しい態度である。源之助にはそれが怪訝《けげん》な思いである。やはり、隠し立てはしない方がいいだろう。

「実は、昨夜のことでございました」

源之助は大杉安芸守用人並河豹一郎から襲撃され、それが実は岩淵筋の殺し探索の人選用の腕試しであったことを言い、さらには並河が今朝訪ねて来て村娘三人が殺さ

れていることを語った。

「ついては、わたしにその下手人を挙げよというご命令を受けたのでございます」

「そうであったか、大杉さまはなにせこたびの責任者であられるからな」

大杉としては、無事に将軍の鷹狩がすむようそれこそ重責を担っているということだろう。

「だが、それは、断じて公言してはならぬ。将軍家御鷹場である岩淵筋で殺しなどは起きておらん」

永田の声が高まった。

「公方さまの御体面ということでしょうか」

これには永田は返事をしなかったが、そういうことなのだろう。つまり、いやしくも将軍の鷹場で殺しなどという凶悪な事件など起きてはならないのである。

「並河さまは、いや、大杉安芸守さまがわたしを選んだ理由は……。わたしの腕を見込んだというよりは……」

永田は静かにうなずく。

「表沙汰にはできない役目ということですか」

源之助は苦笑を漏らした。いかにもこれは影御用なのかもしれない。表沙汰にはできない、殺し、絶対にあってはならない殺しを探索し、落着に導けということだ。

「そなたの敏腕がまさしく発揮されようとしておるのだ」

「よく、承知しましてございます」

「よって、そなた、岩淵筋へ行くことは誰にも口外してはならん。身内には、そうじゃな、わしの代参《だいさん》で日光《にっこう》にでも行くと申しておけ」

永田は申し訳なさそうに命じた。

「承知致しました」

奉行直々《じきじき》の命令とあれば、いやですとは言えない。それに、そこまでして努《つと》めねばならないという重要な役目を担うことの高揚感が胸に押し寄せもした。

「難しい役目だが、大杉さまも見込まれたようにそなたならできよう。むろん、わしもそなたを信頼しておる。だが、落着に導いたとて、報われることはないのも事実」

それはそうだろう。幕府として表沙汰にできない役目を落着に導いたとて、褒賞の対象にできるわけがない。

「これは、些少《さしょう》だが」

永田は紫の袱紗《ふくさ》包《づつ》みを手渡した。開くと、二十五両の紙包みがあった。つまり、永田個人が出してくれているということだ。

「では、遠慮なく」

欲張りとは思わない。永田とてこのような役目を源之助に任せることに罪悪感を抱いているのだろう。この金を受け取ることでその罪悪感が多少なりとも軽減できれば、それでいい。

「むろん、無事、落着に導けば、更に褒美《ほうび》を取らす」

永田は笑みを浮かべた。

「それを励みに努めたいと思います」

「うむ、その意気じゃ」

「では、明日、早速に」

「岩淵筋へ着いたら、鳥見役屋敷に顔を出せ、万事、並河殿が段取りをしておる」

源之助は両手をつくと用部屋から辞去した。一人になってみると、重責がひしひしと迫ってきた。

三

源之助は八丁堀の自宅へと戻った。

　久恵に明日から日光へ御奉行の代参で行くことになったと告げる。日頃、源之助の御用に関しては一切《いっさい》、口出しをしない久恵であったが、さすがに急な日光行きには驚いたようで、

「これは、また、急なる御用でございますね」

　目が戸惑いに揺れている。

「すまぬな、旅支度をしてくれ」

　内心で詫びながら頼む。久恵は文句を言うことなく、支度をしてくれた。

「そうだ」

　善右衛門に明日の夕刻にも碁を打ちに行く約束をしていた。今日も行くはずだったが、岩淵筋の役目のことに気を取られ、すっかり忘れてしまった。律儀な善右衛門ゆえ、きっと、約束を守って待っていたことだろう。明日、岩淵筋へ行く途次に寄って直接話ができたらいいのだが、払暁《ふつぎょう》には発ちたい。となると、日本橋の杵屋に着く頃はまだ夜明け前だ。文をしたため、途中で店に入れるか。

　そう思い、源之助は文をしたためた。御役目のためとはいえ、身内や善右衛門を欺《あざむ》くことに抵抗を覚えてしまう。しかし、これも致し方ないことだ。

　やがて、久恵が支度を整えてくれた。

「すまぬな」

「でも、えらく急でございますね」

久恵は訝《いぶか》しんでいる。

「まあな」

誤魔化《ごまか》そうとしたが、

「御奉行の名代とは、早くから決まっているものなのではございませんか」

久恵は我慢できないというように疑念を口に出した。

「そうじゃな、それがな、内与力の斎藤《さいとう》さまが行かれる予定であったのだ。ところが、斎藤さまが、急な病《やまい》にかかられてな。では、斎藤さまの替わりと申しても、みな、これから師走《しわす》にかけて、手が離せない状況だ。十日も、仕事を休んでも差し支えないという人間となると、わたししかおらん。なにせ、居眠り番だからな」

源之助は自嘲気味な笑みを浮かべ頭を掻いた。

「そうでしたか。それは、お疲れさまでございます。わたくしとしましたことが、余計なことを聞いてしまい申し訳ございませんでした」

久恵はいかにも申し訳なさそうだ。それだけに、妻を欺くことの後ろめたさが胸に湧き上がる。それを、役目の重要さで打ち消した。

「すぐにお食事の支度を」

久恵は居間から出て行った。

「やれやれ」

源之助は碁盤に向かった。盤面に黒と白の石を置き、あれこれと、思案をする。それにしても、表沙汰にできない殺し。三人もの娘の命が既に奪われているという。下手人《げしゅにん》の見当はついているのだろうか。いや、ついていたら、鳥見役が捕縛《ほばく》しているだろう。

飛鳥山の優美な光景とはあまりにも似つかわしくない凶悪な殺しが行われているとは……。

まさかとは思うが、ひょっとして将軍徳川家斉《とくがわいえなり》の鷹狩と関係があるのだろうか。そんなことはないだろう。いかにも穿《うが》ちすぎた見方である。

そこへ、

「こんばんは」

と、玄関で息子源太郎の嫁美津の声がした。久恵が玄関で出迎えている。程なくして、二人が一緒に入って来た。

「美津殿が里芋《さといも》の煮付を持って来てくださいましたよ」

重箱に盛られた里芋からは香ばしい香りが立ち上ってくる。匂いを嗅いだだけで、腹の虫がぐうと鳴った。美津は南町奉行所きっての暴れん坊と評判の定町廻り矢作《やはぎ》兵庫助《ひょうごのすけ》の妹で二年前の神無月《かんなづき》に息子源太郎の嫁となった。兄に似て活発、女だてらに剣の腕も立つが、反面料理上手《じょうず》でもある。その上、碁も達者とあって碁盤を見て、

「お父上、すっかり夢中になっておられますね」

するとと久恵が、

「それが、当分お預けなのですよ」

「あら、どうしてですの」

「明日から、御奉行の代参で日光へ行かなければならなくなったのです」

「まあ、それは急ですね」

美津も驚きの表情となった。

「飯の支度をしてくれ。腹が減った」

「これはすみませんでした」

久恵が言うと美津も手伝うと申し出たが、

「美津殿は、旦那さまのお相手をしてください」

久恵に言われ、

「そうじゃ。しばらく、打てないからのう」

源之助も相好《そうごう》を崩した。

「では、打ちましょうか」

美津も応じてくれた。美津が五目《ごもく》持ちの白である。対局に入る前に、

「父上、申しておきますが、待ったは二度までですよ」

美津は言った。

「わかっておる」

源之助は即座に応じる。それから盤面を目を皿にして見つめ、黒石を置いていった。美津もいつしか真剣な眼差しとなっている。久恵は食膳をそっと置き、足音を忍ばせながら居間を出た。


明くる二十二日の払暁。

源之助は岩淵筋へと旅立った。旅装はしていない。萌黄色《もえぎいろ》に縞柄《しまがら》の袷《あわせ》を着流し、黒紋付を重ねるといった普段通りの格好だ。いつもと違うのは、菅笠《すげがさ》を被り、打飼《うちが》いを背負っていることと、鉛の薄板が仕込まれた雪駄ではないということだ。

さすがに、岩淵筋までいつもの雪駄では負担が大きいし、岩淵筋の野山を歩き回ら

ねばならないことを考えると、足元は軽い方がいい。

真冬の払暁はやはり、辛く、手がかじかみ、温めようと吹きかける熱い息がひどく白い。霜柱《しもばしら》が立った往来を歩いて行くと、きゅっと鳴った。速足で歩き、長谷川町に至ったところで杵屋に立ち寄り、裏木戸から善右衛門宛ての文《ふみ》を入れておいた。

それから一路岩淵筋を目指す。

神田、本郷《ほんごう》を経て日光《にっこう》御成《おなり》街道《かいどう》を王子に向かう。本郷を過ぎた辺りで夜が明け、

「なっと、なっと、なっとぉ〜」

とか、

「と〜ふ、と〜ふ、がんもどき」

などという売り声が聞こえてきた。

江戸の町が目覚め始めた。幸い、冬晴れの一日になりそうだ。

駒込《こまごめ》を経て岩淵筋に着いたのは朝五つ（午前八時）だった。

まずは、飛鳥山に登ってみることにした。

冬晴れのこの日、見上げる空はあくまで青く、遠く富士《ふじ》の山の頂《いただき》には白雪が積もり、一年のうちで最も美しい姿をたたえていた。

飛鳥山は八代将軍徳川吉宗《よしむね》が享保《きょうほう》五年（一七二〇）から翌六年にかけて千二百七十本もの山桜の苗木を植林し、桜の名所とした。名所とするに際し、庶民が気兼ねなく訪れることができるよう、飛鳥山を所有していた旗本野間《のま》氏から御用地として召し上げ王子権現《おうじごんげん》に与えた。以来、江戸庶民の憩《いこ》いの場となっている。

花見の時節には大勢の花見客が訪れ、その賑わいたるや江戸の風物となるが、真冬の時節とあっては、当然のこと、桜は花を散らしているものの、松の緑は目に鮮やかである。飛鳥山は山というよりは標高二十メートルから二十五メートルという台地である。周囲に遮《さえぎ》る物とてなく、晴天であれば、富士ばかりか筑波山《つくばやま》の山並を望むこともできる。

眼下には王子権現や王子稲荷《いなり》が見渡せる。まさしく風光明媚《ふうこうめいび》な景勝を思う存分楽しむことができるものの、風が強い。茶の一杯でも飲んで温まろうと、崖に沿って建ち並ぶ莚《むしろ》掛け茶店に足を運んだ。

客は行商人風の男が二人休んでいるだけだ。

「許せよ」

店に入って縁台に腰をかけ茶を頼んだ。すぐに温かい茶が運ばれて来た。湯呑を両手で持つとかじかんだ指先にまで血が巡り、全身がほっとした安堵《あんど》に包まれた。

しばらくして主人に、

「まこと、風光明媚であるな」

「そうですな、お侍さまは飛鳥山にはよくお越しになられるのですか」

「いや、久しぶりだ」

「花見の時分にお越しになられればよろしいかと」

「だが、花見の時節には、押すな押すなであろう。稼ぎ時であるな」

源之助が言うと主人は笑顔を見せたが、どこかぎこちなかった。

「時に、岩淵筋、物騒なことが起きていると耳にしたが」

さりげなく聞くと、

「さて、よくは知りませんが」

主人は逃げ腰になった。それくらい、恐ろしい事件なのだろう。源之助は改めて身が引き締まるような思いになった。源之助は礼を言って茶店を出た。去る時、町方の同心であるとだけ告げた。主人も権兵衛《ごんべえ》と自分の名を教えてくれた。

飛鳥山を下って鳥見役屋敷へと向かう。

岩淵筋に属する王子村は、町奉行所や勘定所の支配は受けず、鳥見役が巡検し管理している。鷹場の法度《はつと》は厳しく、鷹場に暮らす村人たちは勝手に家の新築、増築をしてはならず、橋を架けるにも許可が必要で、野鳥の捕獲も許されなかった。その代わり、畑では牛蒡《ごぼう》や人参《にんじん》、大根といった江戸市中に持って行けば高値で引き取られる青物の栽培が許され、王子村の百姓たちの貴重な収入源となっている。

畔道《あぜみち》を進むと、左手には王子権現の威容が眺められ門前には茶屋が軒を連ねている。茶屋は賑わっていた。物見遊山でやって来た者たちではなく、大工や植木職人が目につく。将軍鷹狩を前に御座所の造営に関わる者たちなのだろう。

茶屋の喧騒をやり過ごし右手に目をやると田圃《たんぼ》を一本道が貫き四町ほど先に目立つ一本の榎《えのき》がある。装束《しようぞく》榎と呼ばれ、年に一度大晦日《おおみそか》の晩に関八州の狐《きつね》がこの榎の下に集まるという伝承があった。

野良着を着た百姓が二人鋤《すき》を担いで歩いて来た。肌寒い風が襟元をおびやかしているが、表情もどことなく曇ったままだ。鳥見役屋敷までは間もなくである。

青空を冬雲雀《ひばり》が舞い、野鳥の囀《さえず》りが耳に鮮やかだ。冬ざれの野には鶴《つる》や雁《かり》、雉《きじ》といった鷹の獲物が多数飛来し、鷹狩にはもってこいの時節といえる。それまでに、凶悪な事件を落着させねば。

決意を新たに鳥見役屋敷に向かった。

四

鳥見役屋敷に着いた。

門前で並河彪一郎が待ち構えていた。

「わしも丁度《ちょうど》今着いたところじゃ」

並河は鳥見役組頭の青野茂一郎を紹介すると言った。長屋門脇の潜り戸から中に入る。将軍鷹狩に備えてか、庭は掃き清められている。落ち葉やごみ一つなく、庭木の手入れがなされてあった。母屋の屋根も新しい瓦が葺《ふ》かれ、冬日を弾いている。

庭を横切り母屋に入ると庭に面した居間で青野が待っていた。でっぷりと肥え太った身体を黒羽二重《くろはぶたえ》に包んでいる。くたびれたような顔をしているのが、その心労ぶりを物語っていたが、痩せぎすの並河と並ぶと、二人の対照的な容貌に噴き出してしまいそうになった。

源之助が挨拶をすると、青野は疲れた顔で軽くうなずいた。うなずくと、顎《あご》の肉のため首が見えなくなる。

「蔵間、力を貸してくれ」

青野は容貌とは程遠い、思いつめたような物言いである。

「そのつもりでやってまいりました。まずは、殺しの一件につきましてわかっていることをお話しください」

源之助は言った。

青野はおもむろに語り始める。それによると、最初の殺しが起きたのは十二日前のことだった。すなわち、霜月十日の早朝である。

王子村の百姓の娘お道《みち》の亡骸《なきがら》が見つかった。装束榎の近くで横たわっていたのを通りかかった百姓が見つけたのだ。心の臓を一突きにされ、無残な骸《むくろ》と成り果てていた。お道は十八歳、近々、嫁入りが決まっていたという。

「物盗りの類《たぐい》ではなかった」

「財布は奪われていなかったのですか」

源之助が訊くと青野は小さくため息を吐《つ》いた。

「無残にも両の目が抉《えぐ》られていたのだ」

猟奇的《りょうきてき》な殺しである。予想を上回る陰惨な殺しだ。続く二人も娘であった。お里《さと》、お隅《すみ》、二十歳、十九歳という娘盛りである。

十四日の朝、やはり装束榎の下でお里の亡骸が見つかった。両耳を削がれていたという。更に十七日の朝には鼻を削がれたお隅の亡骸が装束榎の下で発見された。

「なんとも無惨な殺しでございますな」

なるほど、将軍お膝元の鷹場であってはならないことである。

「むろん、領内の者どもの仕業《しわざ》だと思って調べもした」

しかし、それらしい者はいない。

「では、外部の者とお考えでござるか」

「確信はできぬがな」

青野の言葉は曖昧《あいまい》に濁った。それは、鷹場を預かる責任者としてのせめてもの願いだろう。岩淵筋内にこのような殺しをした領民がいたとあっては、鳥見役組頭として責任問題となろう。

ここで並河が言葉を添えた。

「よって、蔵間、そなたが秘密裡《ひみつり》のうちに下手人を探し出し、鳥見役屋敷まで引き立ててくれ」

下手人は秘かに処罰するということだろう。

「承知致しました」

源之助は両手をついた。

「これは」

　青野が一通の書状を手渡してきた。それを受け取りしげしげと眺める。そこには、源之助に自分の権限を与えることを保証するものだった。これがあれば岩淵筋内であろうと自由自在に動き回ることができる。それだけ、源之助に期待しているということだろう。

「一体、何者の仕業であろうな」

　並河は悩ましい限りだと頭を抱えんばかりの勢いである。青野が、

「宿泊先であるが、庄屋の木左衛門《きざえもん》という者の屋敷にまいれ。ここに泊めてやりたいのだが、何かとここは忙しい。何せ、公方さまの御鷹狩を控えておるのでな」

「承知致しました」

「木左衛門ならば、領内のことも詳しい。探索には役立ってくれることだろう」

　並河が言い添えた。

　探索にとっては願ってもないことだ。ならば、早速木左衛門を訪ねることとしよう。

　母屋を出てふと庭先に目を止めた。寒菊《かんぎく》が咲き誇っている。黄色の花弁が花の乏しいこの時節にはひときわ鮮やかだ。葉も花もこぶりな冬の菊は、肥え太ったこの屋敷の主とはあまりに対照的だった。

木左衛門の屋敷は鳥見役屋敷から北に一町ほど歩いた雑木林の裏手にあった。周囲を花柊《はなひいらぎ》が生垣となって巡っている。鋸《のこぎり》の歯のような葉が光沢を放ち、屋敷を守っているかのようだ。藁葺《わらぶき》屋根の母屋や板敷の小屋がいくつかある。敷地はゆったりとしていて、鶏《にわとり》が放し飼いにされていた。

鈍色《にびいろ》の空の下、犬が走り回っている。大きな犬であるが、源之助を見ても吠えない。のんびりと日向《ひなた》ぼっこをしているかのように寝そべり始めた。

源之助は母屋の玄関に立った。

屋根で数羽の寒雀《かんすずめ》が羽根を膨《ふく》らませているのが、なんとも心和んだ。

すると、女中らしき女が通りかかったため、木左衛門に取り次ぐよう伝えた。女中が引っ込み、すぐに初老の男が現れた。日に焼けた顔は無数の皺《しわ》が刻まれ、髪には白髪が混じっていた。

「青野さまから伺《うかが》っております。どうぞ、中にお入りください」

木左衛門に導かれ母屋に入った。そこから更に奥に設《もう》けられた客間へと通される。

「ようこそ、おいでくださいました。ここを自宅だと思ってお使いください」

木左衛門は言った。

「早速だが、殺された娘たちの家を訪ねようと思うのだが」

「それはご苦労さまでございます。ですが、わざわざ、蔵間さまが足を運ばなくてもいいように、殺された娘たちの親を呼んでおります」

木左衛門は神妙な顔つきとなった。さすがは、鳥見役青野茂一郎が紹介するだけあって、実に気の利いたことだ。

「すまぬな」

「なんの、わざわざ、町奉行所の御役目を犠牲にされてまでやって来られたのですから」

木左衛門は上目使いになった。

「いや、それは置いておくとして、では、早速話を訊こうか」

源之助が腰を上げると木左衛門がこちらですと、玄関近くの部屋へと入った。そこには、三人の男がいた。源之助が入って行くと、みな一斉に頭を垂れる。

「おまえたちの無念を、こちらの蔵間さまが晴らしてくださる。北町奉行所からおいでになった。青野さまも、蔵間さまは北町きっての腕っこきとおっしゃっておられた。必ず、下手人を捕まえてくださる」

木左衛門に言われ、源之助は軽くうなずく。三人の話をまとめるとこのようなものだった。

いずれの娘たちも、夕刻になってから行方知れずになった。それから、明《あ》くる朝になって、無残な骸となったのである。

「何処《どこ》へ行くと言っておったのだ」

三人は口を揃えて、何処へ行くとも言わずに出ていったきりだという。

「まるで、手がかりはなしか」

源之助は呟《つぶや》いた。

「亡骸はみな、装束榎のそばで発見されたのだな」

これには木左衛門がそうですと答えた。

「すると、何処かへ連れ去られ、亡骸をわざわざ装束榎まで運んだことになる。何処かの屋敷に連れ去り、そして、捨てたということは、複数の人間の凶行ということだな」

源之助は言った。

「ですが、ここにはそのような大それたことを仕出かす輩《やから》はおりません。それは、はっきりと言えます。みな、お互いのことをよく知っておりますから」

木左衛門は強い口調で述べ立てた。

「すると、余所者《よそもの》ということになるが、わざわざ、岩淵筋の娘を拉致《らち》し、命を奪った上に装束榎に捨てるとは……。よほど、岩淵筋に恨みを持った者の仕業であろうか」

源之助は心当たりはないかと木左衛門に尋ねた。

「手前にはとんと見当がつきません」

木左衛門は困惑を隠さない。今、村で娘を持つ親たちは恐怖におののき、外出をさせないという。無理からぬことだ。

「ですから、どうぞ、下手人を挙げてください」

木左衛門が頭を下げると、三人も一斉に頭を下げた。

「わかった。まずは、村の中を少し歩いてみたい」

源之助は言った。

すると、三人の親の一人が、

「仙道《せんどう》先生……」

と、一言ぽつりと漏らした。すると、木左衛門の目が厳しくなった。男はあわてて口をつぐむ。

「仙道先生とは」

源之助は木左衛門に尋ねた。

「仙道道順《どうじゅん》とおっしゃる蘭方《らんぽう》のお医者でございます」

木左衛門の物言いは素っ気なくなった。そこに何かを感ずる。

「ずっと、岩淵筋で暮らしておるのか」

「いえ、半年ほど前にやって来られました。非常に腕のいいお医者さまで、評判を呼んでおります。実際、長崎《ながさき》で学ばれ本来ならさるお大名の御典医《ごてんい》になられるはずだったのですが、お気の毒なことにそのお大名が御取り潰しとなってしまわれたために江戸へやって来られたのです。名医という評判は江戸市中にも及んでおりまして、町医者や薬種問屋の主人が教えを請いに訪れたり、分限者《ぶげんしゃ》やお旗本、お大名の御屋敷からも治療にやって来られるほどです」

そんな名医に何か怪しい点があるのか。

「この際だ。隠し事はなしにしてくれ」

源之助がいかつい顔を際立たせると、木左衛門は気圧《けお》されたようにして口を開いた。

「殺された娘たちがみな、仙道先生の診療所へ手伝いに行っておったのでございます」

「ほう、三人の娘は仙道先生の診療所を手伝っていたという共通点があるということか。おまけに、仙道先生はいわば余所者、それで、仙道先生が怪しいというのだな」

源之助が迫ると、

「いえ、そこまでは」

木左衛門は苦しげに言葉を詰まらせた。

「なにせ、仙道先生には村の者たちがとても世話になっていますから」

いかにも、申し訳なさそうだ。

「わかった。ともかく、慎重に探索をしてみる」

源之助は、手がかりがつかめない以上、ともかくその仙道という医者を訪ねてみようと思った。

五

仙道の診療所は木左衛門の屋敷からおよそ、二町ほど東にあった。百姓家を診療所と住まいにしているようだ。

藁葺屋根の母屋を入ると、患者らしき男女が板敷で順番を待っていた。板敷の奥に、畳が敷かれ、衝立《ついたて》がある。そこでまだ歳若い男が患者の診療に当たっていた。髪を儒者髷《じゅしゃまげ》に結い、地味な木綿《もめん》の小袖に黒の十徳《じっとく》を重ねている。

源之助が土間に立ち尽くすと一人の若い娘が歩いて来た。娘が源之助に用件を訊く。

「拙者、蔵間と申す」

源之助は素性を明かし、青野から渡された書付《かきつけ》を示しながら、この村で起きている殺しを探索するためにやって来たことを語った。娘はお待ちくださいと仙道の元に戻って行き、耳元で何か囁《ささや》き、指示を受け取り戻って来た。

「こちらでお待ちください」

と、奥の小部屋に案内された。書棚が立ち並び、ぎっしりと書物が収納されている。書斎のようだ。

「そなたは」

源之助の問いかけに、

「妹の比奈《ひな》と申します」

比奈は聡明そうな面差しで、物言いははきはきとし、所作はきびきびとしていた。

ふと、倅《せがれ》源太郎の嫁美津を思い出した。

と、隣室から数人の男女の声が聞こえた。

「重病の患者さんたちです。うちで寝泊まりしていただいております」

比奈が言った。

「何人くらいおられるのですか」

「今は五人です」

比奈はお茶を置き、しばらくお待ちくださいと出て行った。板敷から仙道と患者である百姓たちのやり取りも聞こえてくる。それを聞く限り、仙道は決して名医ぶらず、優しくて気さくに接している。親切で誠実な人柄のようだ。

しばらくして襖《ふすま》が開き、仙道が入って来た。

「お忙しいところ、恐縮です」

源之助が挨拶を送った。

「北町のお方とか」

仙道は怪訝な顔をした。額が広く切れ長の目が理知的な空気を醸し出しているが、顔は真っ黒に日焼けしているため、大名や旗本、分限者も頼る名医には見えない。田畑や野山を歩き回る、村医者といった風である。それだけ、ここ岩淵筋に溶け込み、村人たちからも慕われているのだろう。

「青野さまの要請でこのところ起きておる殺しの探索を行うこととなりました」

「それはそれは、ご苦労なことですな」

「殺された三人の娘、いずれもこちらの診療所を手伝っておったとか」

「その前に、何故《なにゆえ》、わたしの所にまいられたのですか」

仙道の物言いは穏やかだが、目は警戒心に彩《いろど》られている。

「むろん、三人の娘の親にも会ってまいったところ、三人の娘に共通しておるのは、この診療所の手伝いをしておったということがわかりました。それで、是非とも仙道先生のお話をお聞きしたいと存じましてまいった次第です」

「なるほど、そういうことですか」

どうにか仙道は納得してくれた。決して自分を疑っているのではないと安心したのだろう。

「三人の娘たちは、それはもう熱心に手伝ってくれました。患者の世話や、台所仕事、掃除などです。ところが」

三人が殺され、それからは、親が娘たちを外に出したがらないことから、診療所の手伝いをしてくれる娘が一人になってしまったという。

「それはお忙しいですな」

「お静《しず》という娘が手伝ってくれているのですが、なんだか申し訳ない気になっております。わたしのことより、娘たちを殺した下手人、一刻も早くお縄にしてください」

仙道は達観したような物言いとなった。

「ところで、先生はこの殺しをどう思われますか」

「さて、惨《むご》い殺しですな。下手人が早く挙げられないことには平穏が訪れません」

「心当たりはございませんか」

「あいにく、わたしはこの村にまいりましてまだ、半年、この村の人間関係というものが把握《はあく》できておりませんのでな」

「この村に来たわけはいかなるものですか」

仙道は元は西国の大名家の御典医の息子として生まれた。長崎に学び、国許に戻って父の後を継ごうと思ったが、あいにく御家は改易《かいえき》されてしまったという。青野が言っていた通りだ。

「殿が急に他界し、お世継ぎを巡って御家騒動が起きたのです。それを御公儀に咎《とが》められた次第」

仙道はそれから大坂《おおさか》に出、さらには江戸にやって来た。

「江戸の市井《しせい》で町医者をしようと思ったのですが、飛鳥山を訪れた際、木左衛門殿の女房殿が病になったところに立ち会いました」

仙道はそれが縁で、木左衛門から引き止められ、できれば、この村で医者を開業してくれないかと頼まれたという。

「ずっと、村の医者を務めておられた方がお亡くなりになったそうなのです。わたしとしましても、特に江戸の市井で開業する理由はありませんし、ここでは、診療所や住まいを無償で提供していただけるということもあって、ここに居座ることにしました」

「妹殿とですな」

「いかにも。まあ、それがよかったと思っております。ここは、風光明媚ですし、食べ物もおいしいですからな」

仙道は笑顔を広げた。

「村の者も助かっておるようですな」

源之助は治療を待つ村人のことを思い、それではと辞去した。診療所を出ると庭先から馥郁《ふくいく》たる香りが鼻先をくすぐった。

比奈が枯菊を火にくべていた。

と、

「お静ちゃん、ありがとうね」

源之助の背後で比奈の声がした。おやっと見直すと枯菊を持っていた娘が振り返った。比奈とは別人である。比奈とは似ていない素朴な面差しながら背丈や髪型が同じのため、後ろ姿で見誤ってしまった。

庭の隅に枯菊が植わっている。寒さ厳しくなり茎や葉はしおれているが、花は散らしていない菊もある。枯れ切った菊を火にくべているようだ。寒さに負けず花を咲かせて立ち尽くしているその姿は、哀しくもあり風情を感じさせもした。

鳥見役屋敷に咲く寒菊の鮮やかさとは違う冬景色を感じた。

第二章　鎌鼬《かまいたち》の義助《ぎすけ》

一

源之助の息子、北町奉行所定町廻り蔵間源太郎は妻美津から源之助が日光東照宮《にっこうとうしょうぐう》に参拝に行くと聞いて驚きを禁じ得なかった。

「えらく、急な話だな」

「そうなのです。お母上も驚いておられました。なんでも、内与力の斎藤さまが行けなくなって急きょ、お父上が行かれることになったそうですよ」

「なるほどな」

「でも、いいお休みになるのではございませんか」

美津の言葉に源太郎はうなずく。

「日光か。一度、参拝をしてみたいな」

「まことです」

美津もにっこり微笑んだ。

「しかし、父上、碁ができなくて残念がっているのではないか」

「そうかもしれませんわ。旦那さまも碁を覚えて、お父上のお相手をなさったらいかがですか」

「いや、わたしはいい」

「楽しいものですよ」

「やめておく」

源太郎は強い口調で言い、出仕の支度をした。

源太郎は北町奉行所に出仕した。表門を入ってすぐ右手にある同心詰所に顔を出し、筆頭同心の緒方小五郎《おがたこごろう》に挨拶をする。

緒方は改まった顔で源太郎と先輩同心牧村新之助《まきむらしんのすけ》を呼んだ。緒方の表情は厳しく何か難しい役目があることを窺《うかが》わせる。

「二人に、特別なお役目がある」

緒方は切り出した。

源太郎も新之助も目をしばたたかせた。緒方は言った。

「鎌鼬の義助を捕縛せよ」

鎌鼬の義助とは、近頃評判の盗人《ぬすっと》である。専《もっぱ》ら大名屋敷に忍び込み、盗みを重ねていた。人を傷つけず、鮮やかな手並みで盗みを働く。まるで、道を歩いていて突然額を刃物で切り裂かれたような傷口ができる鎌鼬のように、いつの間にか誰に気づかれることもなく盗みをやり遂げることから、瓦版《かわらばん》屋が面白おかしく鎌鼬の義助と名付けたのだった。

緒方の言葉に
「わかりました」

新之助は力強く首肯《しゅこう》した。

「むろん、火盗改《かとうあらため》も追っておるのだがな、実は寺社奉行大杉安芸守さまから、御奉行に直々に要請があったのだ」

寺社奉行大杉安芸守の屋敷にも鎌鼬の義助が盗み入り、お宝を盗み出したのだという。

「なんとしても義助を捕縛し、お宝を取り戻してくれと、大杉さまより御奉行に要請があった」

「必ず捕えます」

新之助は答えたが、源太郎は不安がよぎった。鎌鼬の義助、名うての盗人だけに、容易に捕まえられるとは思えない。

「それでだ。今夕、大杉さまの用人並河彪一郎さまがお越しになる」

緒方の視線が源太郎に向けられる。源太郎の不安を感じ取ったようだ。弱気を見せてはならじと源太郎は強い眼差しで緒方を見返した。

二人はそれまで町廻りに出ることにした。


その日、二十二日の夕刻、奉行所建屋内の玄関右手にある使者の間で緒方と源太郎、新之助が大杉安芸守用人並河彪一郎と対面した。緒方から、この二人に鎌鼬の義助捕縛を担当させると紹介された。

源太郎と新之助は全力を尽くすことを約した。源太郎が名前を告げると並河はおやっという顔をしたが、特に何を問うでもなく、うなずいた。新之助が、

「大杉さまの御屋敷から盗み出された品物はなんでございましょう」

「掛け軸《じく》じゃ。と、申してもただの掛け軸に非《あら》ず。足利《あしかが》の世の名人絵師雪舟《せっしゅう》の水墨《すいぼく》

画《が》じゃ。冬景山水図と申して、唐土《もろこし》の深山幽谷の冬の情景を描いたものだ」

並河は畏れ多くも八代将軍徳川吉宗公から拝領した家宝であることを言い添えた。

「まことに、不届き極まる盗人ぞ」

並河は腹に据えかねると拳《こぶし》を握り締めた。

「まさしく」

緒方も賛意を示す。

「当家の家宝、なんとしても取り返してもらいたい。というのはのう、近々、公方さまが岩淵筋で御鷹狩をなさる。その際、公方さまの御座所の床の間に、その掛け軸を飾ることになったのだ」

並河の顔は苦渋に歪んだ。

鷹狩は神君家康が奨励し、累代《るいだい》の将軍も積極的に行ってきた。戦《いくさ》の予行演習になるし、足腰の鍛錬となり、更には民情視察にもなるという理由だ。ところが、時代が下り五代将軍綱吉《つなよし》は生類憐《しょうるいあわれ》みの令《れい》を発し、鷹狩を禁じた。それを復活させたのが、八代将軍吉宗である。吉宗は家康の政《まつりごと》を模範とし、積極的に鷹狩を行った。特に、飛鳥山を中心とした王子村、中里村からなる岩淵筋は、吉宗の故郷紀伊《きい》に似た土地柄ということで、殊《こと》の外《ほか》気に入っていた。

今回の鷹狩はそんな吉宗縁《ゆかり》の土地で行うことから、吉宗下賜の掛け軸が求められたのである。

「公方さまの御鷹狩はいつですか」

新之助が訊いた。

「来月の一日だ」

「あと、八日ですか」

源太郎が思わず呟いた。

「無理だと申すか」

並河の眉が吊り上がった。

「いいえ、無理とは申しませぬ」

すかさず新之助が返す。

「ならば、頼むぞ」

「よろしいでしょうか、一つお訊きしたいことがございます」

源太郎が並河に向き直った。

「今、鎌鼬の義助に盗みに入られたお大名はどれくらいあるのでしょうか」

この問いかけには緒方が答えた。

「それがよくわからん。なにせ、表沙汰にしない大名家もあるからのう」

実際のところ、警護が手薄という大名屋敷は珍しくはない。あまり、厳重にし過ぎると幕府から謀反《むほん》ありと疑われるからである。それと、大名屋敷には体面というものがある。盗人に入られたとあっては、沽券《こけん》に関わると世間体を気にして、表沙汰にしない大名屋敷は珍しくない。

「よって、正確には申せぬ」

「では、どのようなものが盗まれたのでしょうか。わたしの聞く限りでは、鎌鼬の義助は莫大《ばくだい》な金を奪うことはなく、精々、百両余りとか。しかも、書画骨董《しょがこっとう》の類《たぐい》には目もくれず、金しか盗まないと……」

「そのようだな。ただ、それは今も申した通り、表沙汰になった大名家だ。わたしの調べでは……」

並河はここだけの話であるとして、三つの大名屋敷の名前を挙げ、それぞれ、金子《きんす》ではなく書画骨董が盗み出されたことを語った。すなわち、信濃国松代藩《しなののくにまつしろ》真田《さなだ》家、上《こう》野国高崎藩《ずけのくにたかさき》松平《まつだいら》家、伊勢国亀山藩《いせのくにかめやま》石川《いしかわ》家の上屋敷である。外様、譜代と、いずれの大名家にも繋がりはない。

「義助、仲間はおるのであろうかのう」

並河が疑問を投げかけてきた。

そのことも判然としていないため、源太郎も新之助も答えられない。

「失礼ながら、盗まれた現場を見させていただくわけにはまいりませぬか」

源太郎が申し出た。

「むろん、承知する」

並河は快く承知してくれた。

その晩、早速、源太郎と新之助は江戸城西の丸下にある大杉家の上屋敷にやって来た。並河の案内で裏門から屋敷の中に入る。下弦《かげん》の月にほの白く照らされた屋敷内はきれいに掃き清められ、落ち葉一つ落ちていない。さすがは、譜代名門、現藩主は寺社奉行だと感心していると、並河が築地塀に沿って建ち並ぶ土蔵の一つの前に立った。

並河からがん灯を源太郎が受け取る。並河が鍵で南京錠《なんきんじょう》を開けている間、がん灯で手元を照らした。程なく南京錠が外れ、並河を先頭に中に入った。源太郎と新之助も続く。

掛《か》け行燈《あんどん》に照らされた土蔵の中は、いかにも高価そうな青磁《せいじ》の壺《つぼ》や書画、骨董の類が整然と並べられている。

書画骨董に嗜《たしな》みのない源太郎と新之助でも、圧倒され足が止まって見入ってしまった。

「凄いですね」

源太郎はため息混じりに言った。

それからふと疑問が生じた。

「鎌鼬の義助はこのお宝の中から、どうして雪舟の掛け軸を盗んで行ったのでしょう」

「確かに、どうしてであろうな」

新之助も疑問に感じたようだ。

「さて、それは拙者に訊かれてもわからぬな」

並河は首を横に振った。

「他に、値打ちがありそうな品物はたくさんあるように思えるがな」

新之助は周囲を見回した。揺れる行燈の灯を色彩鮮やかな骨董品が弾いている。豪華なお宝に囲まれ、源太郎もそんな気になる。

「骨董のわからぬ者にはどれも値打ちがあるように見えるであろうが、あの掛け軸に勝るものはない」

並河は言った。

「すると、義助は相当な目利きだということでしょうか」

源太郎が問い直す。

「大名屋敷専門に盗みに入っているのであるから、義助が骨董の値打ちがわかるとしてもおかしくはない」

「そうかもしれませんが……」

源太郎は納得できないようだった。新之助が、

「義助は南京錠を外して土蔵の中に入ったのですか」

「そうじゃ。おそらくは、予《あらかじ》め、忍び入って南京錠の蠟型《ろうがた》を取るなりして、準備をしておったのだろう。なかなか用意周到な盗人であるな」

「世間で評判の通り、鎌鼬のように鮮やかな手口だということですか」

「しかと、掛け軸のこと頼む」

並河に念押しされた。

二

源太郎と新之助は大杉屋敷からの帰途、八丁堀に至ったところで楓川《もみじがわ》に架かる越中橋《えっちゅうばし》の袂にある縄暖簾《なわのれん》を潜った。

煤《すす》けた天井から吊るされた八間行燈《はちけんあんどん》に照らされた店内は既に一杯だったが、小上がりになった入れ込みの座敷に、どうにか二人分の席を確保すると熱燗《あつかん》を頼む。

「時に、蔵間殿は日光に参拝に行かれたとか」

「そうなのです。御奉行の代参ということなのですがね」

「内与力の斎藤さまが行かれると思ったのだがな」

新之助は小首を傾げた。

「なんでも、斎藤さまの具合がよろしくないということですよ。それで、急きょ父が行くことになったとか」

「ほう、そうなのか」

新之助は更に首を捻る。

「どうかしたのですか」

「いや……斎藤さま、今日、出仕しておられたのだ」

「まことですか」

新之助はうなずく。

「おかしいですね」

「ま、何等かの事情があったのだろう。そういえば、蔵間殿、碁に夢中とか」

新之助はおかしそうに肩を揺すった。

「そうなのです。無趣味の父が趣味を持ってくれたのですから、ほっとしました。いつまで続くかわかりませんが……」

「それくらいの楽しみを持つのはいいのかもしれんぞ」

新之助が言ったところで熱燗が運ばれて来た。まずは、一杯飲む。身体中に血が巡ってゆくようで心地良かった。

「ところで、鎌鼬の義助、差し当たってどこから探索を始めましょうか」

源太郎の問いかけに、

「おまえの考えはどうだ」

新之助はにやっとした。

「そうですね、義助は大杉さまの掛け軸を盗んだ。掛け軸はどれくらいの値打ちがあろうと、それを持ち続けるほど、義助が風流人だとは思えません。であるなら、必ず、金に替えるものと思います」

「ということは、骨董の行方を追わねばならん。骨董商に当たりをつけるということになろうか」

新之助の考えに、

「それが、よろしいかと思います」

源太郎も賛成し、

「もう一つの手がかりとしては、渡り者だな」

大名屋敷、旗本屋敷にはお抱えの中間《ちゅうげん》、小者の他、渡り者と呼ばれる臨時雇いの奉公人がいる。

「武家屋敷に奉公する小者ですか。なるほど、大杉屋敷の土蔵は南京錠の錠前が外されていました。ということは、屋敷内の者の仕業と考えられるわけですね。渡り者の小者として屋敷に入り込み、錠前の蠟型を取ったということは十分に考えられます」

「そういうことだ。明日にでも、掛け軸が盗まれた日の前に雇われ、後に辞めた渡り者の小者がいるかどうか、当たってみるか」

「それと、並河さまから教えていただいた、三つの大名屋敷も渡り者について当たってみる必要があると存じます。松代藩真田さま、高崎藩松平さま、亀山藩石川さまの上屋敷です」

「三つの御屋敷に共通した渡り者がおれば、そやつが義助と当たりをつけられる」

「なんだか、光明が見えてきたようですね」

源太郎はうれしくなってきた。まさしく、困難極まりないと思っていた鎌鼬の義助捕縛が、現実の役目として見えてきたような気がする。

「もう、一本飲むか」

新之助は源太郎の返事を待たずに酒を追加した。源太郎も同心という仕事をやっていて、探索に希望を見出すことができた時にこそ、大きな喜びを感じる。鎌鼬の義助、一体、どんな男なのだろう。

「義助、これまでに人を殺《あや》めたり、傷つけたりしたことはございませんね」

「そうだな。それだけ、手口が鮮やかということだ。よって、世間の評判はいい。そうしたことは物見高い連中にとっては格好のネタになるからな」

「瓦版でも囃《はや》し立てております」

「瓦版屋にはありがたいだろう」

新之助は顔をしかめた。

「俄然やる気が出てきますね」

「だが、気負ってはいかんぞ。たとえ、世間の耳目《じもく》を集める一件であろうとなかろうと、平常心で当たらねばならん」

「わかりました」

源太郎は了承こそしたが、やはり気負いが立ってしまう。

すると、

「偉そうに言っているが、おれだって、ついつい功名心にはやってしまうさ」

新之助も苦笑を漏らした。

「ともかく、明日からしっかり探索を行います。なにせ、公方さま御鷹狩まで日はありませんから」

源太郎の言葉に新之助も大きくうなずいた。


明くる二十三日、新之助は今度は渡り者の探索のために大杉屋敷へと向かった。

一方、源太郎は盗まれた掛け軸を探すべく江戸市中の骨董屋を廻ることになった。

まずは、軒を連ねる神田《かんだ》の骨董商を当たる。雪舟の掛け軸が出回っていないかと思ったが、それらしき品物は見つからない。何軒か回った骨董商では、

「そうした代物《しろもの》は、表には出にくいものですよ」

「というと、義助は盗んだ代物を持ち続けるということかな」

「しばらくは持ち続けるでしょうがね、いわく付きの代物は闇取引といいますか、好《こう》事家《ずか》というのがいらっしゃいますからね、密《ひそ》やかに取引されるんですよ」

「どこで行われているのだ」

「それは、わたくしも存じません」

主人はかぶりを振った。余計な疑いをこうむることを恐れているようだったが、落胆する源太郎を見て同情したのか、

「あくまで噂に聞くだけですが」

一言断ってから、

「盗品などの怪しげな骨董が多く出回る骨董の競《せ》り市《いち》があるというのですよ」

「ほう……」

源太郎は目をしばたたかせた。

「何処で開かれておるのだ」

「さて」

主人は勿体《もったい》ぶっているのか口に出すのが憚《はばか》られるのか、それとも本当に知らないの

か。口を閉ざしてしまった。

「おまえに聞いたことは黙っている。絶対に漏らさぬから教えてくれぬか」

源太郎は懇願口調になった。

主人は逡巡《しゅんじゅん》していたが、

「わたくしもはっきりとは知らないのです。ですが、場所は飛鳥山の近くだと」

「飛鳥山というと、桜の名所の飛鳥山か」

「そのようでございます」

主人はそこまでしかわからないと言い張った。

「わかった。すまなかったな」

源太郎は骨董屋を出た。

「飛鳥山か」

飛鳥山といえば、王子村である。将軍の鷹場である岩淵筋のすぐ近くだ。来月の一日には将軍家斉の鷹狩が行われる。飛鳥山に行ってみるか。

詰所で源太郎は新之助と協議を行った。

「飛鳥山で行われるという盗品やら贋物の骨董市、探ってみたいと思います」

「そうだな」

新之助も賛成してくれた。

「ところで、渡り者、何か摑《つか》めましたか」

新之助は今日のところは手がかりがつかめなかったと肩を落とした。

「もう少し、続けて回ってみる。口入屋《くちいれや》などにも当たってな」

新之助は自らを鼓舞《こぶ》するように声を大きくした。

「飛鳥山となりますと、一日では行って帰ってこられません」

「泊まりでいいだろう」

新之助は言うや緒方の許可を貰ってくれた。但し、明日二十四日は新之助を除く定町廻り全員で各町の自身番《じしんばん》を廻り、火の廻りの徹底を呼びかけることになっているため、出立は明後日二十五日となった。

「京次《きょうじ》を連れて行け」

新之助は言ってくれた。京次は元々、源太郎の父源之助の岡っ引をしていた。歌舞《かぶ》伎《き》の京次の異名をとる、男前である。

「ならば、帰りに京次のところに寄って行きます」

源太郎は奉行所を出た。

二十三日の夕暮れとなり、三河町《みかわちよう》にある京次の家にやって来た。京次の女房お峰《みね》が常磐津《ときわず》の師匠をやっている。このため、家に近づくと、三味線《しやみせん》の音色が聞こえてきて、ついつい心が和んでしまう。格子戸を開けると、三味線の音がやみ、お峰が源太郎の来訪を奥の部屋に向かって呼びかけた。すぐに京次が出て来た。瞼《まぶた》が腫《は》れ、咳き込んでいる。

「すまぬな」

源太郎が声をかけたところでお峰が気をきかして奥へ引っ込んだ。

「急な話で申し訳ないのだが、明後日、わたしと一緒に王子村まで行ってもらいたい」

「ええ、そりゃ、構わねえですが」

気軽に引き受けた京次であったが、顔色は明らかに悪い。源太郎が危ぶむと、風邪《かぜ》をひいただけだと強がった。しかし、単なる風邪だと聞き流すにはいかにも重そうだ。無理をさせることはできない。この寒空の下、王子村まで弱った身体で出かけることは叶《かな》うまい。

ともかく、王子村に行く経緯は説明しておくことにした。

「へえ、鎌鼬の義助ですか、これは、大物ですね」

京次はうなずいたそばから咳き込んだ。

「王子村まで行くのだ。絶対に成果を挙げてこなくてはならん。おまえのその身体では無理だな」

「やりますよ」

京次はやる気を見せたものの、病に蝕《むしば》まれたその姿は見るに忍びなく、今回は休ませることにした。

三

源之助は岩淵筋にあってひたすら探索を続けていた。三人の娘が無残に殺された事件は岩淵筋を震撼《しんかん》させていて、道行く者たちはみな口数が少なく、どこか源之助を避けている。源之助はあてもなく飛鳥山に登った。冬ざれの飛鳥山に人影はまばらだ。

岩淵筋にやって来たばかりの時に入った茶店へと足を向けた。主人の権兵衛が源之助を覚えていてにこやかに迎えてくれた。

「いつまで、ご滞在なさるのですか」

「決めてはおらんがな」

「当てもない逗留《とうりゅう》ですか。それは、よろしゅうございますな」

権兵衛は甘酒を用意してくれた。隠し立てしていても仕方なかろうと、

「実は、娘殺しの下手人を追っておるのだ」

源之助は言った。

「そうでしたか」

権兵衛の目が凝《こ》らされた。

「手がかりを求めておる、不審な者を見かけなかったか」

「そう、おっしゃられましても」

権兵衛は及び腰となっている。

「なんでもよいのだ」

「この土地の者の仕業じゃないと思いますよ。同じ土地の者がああもむごいことができるはずございません」

権兵衛の言うことはもっともである。王子村、岩淵筋一帯は将軍の鷹場という閉鎖的な土地柄だ。村人はお互いの家族のことを見知っている。不審な動き、殺しとまではいかなくても、盗みを働いただけで、そのことは村中に知れ渡るに違いない。

「ところで、蘭方医の仙道道順という医者、大した評判のようだな」

権兵衛の顔が曇った。それを見逃さず、

「どうしたのだ」

「いえ、別に」

権兵衛は明らかに動揺している。

「どうした」

「いえ、それが」

権兵衛は言い辛そうだが、やがて意を決したように、

「仙道先生はそれは熱心に村の者の病を治してくださるんですが、時折、よくわからない人たちと交わっておられるのです」

「よくわからないとは」

源之助の問いかけに権兵衛が言うには、この飛鳥山で、仙道がこの土地ではない者たちと語らっているのを見たという。

「お見かけせぬお侍方とです」

「侍たちは、仙道先生の患者なのではないのか」

仙道の評判を聞きつけ、大名屋敷や旗本屋敷からも治療に訪れる者がいることを思

い出した。

「いや、そんな風には見えませんね」

権兵衛はかぶりを振った。覆面をしていて、病人には見えないし、治療にしては何処か秘密めいた雰囲気であったという。

「とにかく、よくわからないお人でございます」

権兵衛は心底、仙道のことを怪しい男と思っているようだ。

「すると、今回の殺し、ひょっとして、仙道の仕業と思うのか」

「いえいえ、滅相もございません」

権兵衛は激しくかぶりを振った。

「仙道、半年ほど前に流れてきたのだったな」

「そのようです」

「王子村の庄屋木左衛門の女房を助けて、それ以来、この村に住むようになった。今では、すっかり村の者たちと打ち解けておるようだ」

「誠実で腕はいいお医者さまなのですが、わたしにはどうも、仙道先生というお方は不気味に思えてしまいます」

「どういうところがだ」

「あの目つきでございます。診療所ではお見せになることはありませんが、わたしはここで何度もお見かけしました。ぞっとするような、背筋が凍るような目をなさる時があるのです」

権兵衛はおぞけを振るった。

源之助は仙道の温厚そうな顔を思い浮かべた。

「用心なされませ」

権兵衛は真顔で忠告した。

「忠告、痛み入る」

源之助は軽く頭を下げた。

その頃、牧村新之助は地道に渡り者について調べていた。大杉屋敷ではそれらしき者は見つからなかったが、鎌鼬の義助に盗み入られたという三軒の大名屋敷には共通して一人の渡り者が浮上してきた。並河から聞いた大名屋敷ではなく、新之助の探索で明らかとなった金子《きんす》ばかりを盗まれた大名屋敷である。すなわち、摂津《せっつ》尼崎《あまがさき》藩松平家、越前丸岡《えちぜんまるおか》藩有馬《ありま》家、備前岡山《びぜんおかやま》藩池田《いけだ》家だった。

新之助は並河から聞いた信濃松代藩真田家、伊勢亀山藩石川家、上野高崎藩松平家では不審な渡り者は見つからず、奉行所に届け出のあった鎌鼬の義助に盗み入られた大名屋敷を廻ってみた結果である。

浮上したのは勘助《かんすけ》という渡り者で、いずれの大名家でも盗みが発生した数日前に雇われ、直後に辞めている。

新之助はその勘助なる男を仲介した口入屋へと足を向けた。口入屋は日本橋芳町《よしちょう》にあり、木塚屋《きづかや》といった。

暖簾を潜る。昼過ぎとあって、店内に客はまばらだ。土間が広がり、湯屋の番台のようになった台にこの店の主仁吉《にきち》という男が座っていた。草双紙《くさぞうし》を読みながら、新之助が近づくとちらっと見て、ぺこりと頭を下げた。

「どうも、ご苦労さまです」

仁吉は一応殊勝な態度である。

「少し聞きたいのだがな」

「はあ」

仁吉には八丁堀同心から聞き込みをされるようないわれはないと思っているのだろう。

「この口入屋、大名屋敷に小者の斡旋《あっせん》をやっておるな」

「ええ、まあ、大名屋敷だけでなく、様々な奉公先を斡旋するのが、あたしらの仕事です」

仁吉は涼しい顔で答える。

「勘助という男を知っておるか」

仁吉の目がほんのわずかながら泳いだのを新之助は見逃さなかった。

「さあ、大勢来ますからね。一々、名前と顔なんか覚えていませんよ」

仁吉は首を横に振った。

「ちょっと、来てくれ」

新之助は手招きをした。仁吉は苦々《にがにが》しげな顔をしながら下りて来た。新之助は仁吉を外に連れ出す。

「勘助がどうかしたんですか」

仁吉はいかにも不満げに答える。

「大名屋敷の小者として立て続けに斡旋しているではないか」

「そうですかね」

「おまえ、惚《とぼ》けるか」

新之助は暗い目を投げかけた。

「惚けてなんておりませんや」

仁吉はむきになって言い返す。新之助はいきなり襟首を摑んだ。

「鎌鼬の義助を知っているな」

仁吉は視線をそらした。

「知らないはずはなかろう」

新之助は手に力を加える。

「ええ……。鎌鼬の義助なら知ってますよ、評判の盗人ですからね」

「勘助が斡旋されて小者となった大名屋敷は、いずれも義助に忍び込まれておるのだ」

「そんなこと、知りません」

新之助が手を離すと仁吉はため息を吐いた。

「うそを吐くと為にならぬぞ」

新之助は仁吉の態度からこいつは義助のことを知っていると確信していた。

「勘弁してくださいよ」

新之助はここで切り札を用意していた。実は、この口入屋、以前から何かと問題があった。斡旋する渡り者の評判が悪く、苦情が奉行所にも殺到していた。というのは、木塚屋はやくざ者との繋《つな》がりが深く、やくざ者を武家奉公人として大名屋敷や旗本屋敷に派遣し、そこで、賭場《とば》を開く。

その寺銭《てらせん》の一分を木塚屋はもらって儲《もう》けていると評判だ。そうしたことは風聞が広まっているのだろう。まともな人間、女中奉公を求める女とか、お店《たな》の下働きを希望する男たちなどはいない。いずれも、やくざ者のようなやさぐれた連中ばかりだったことが、木塚屋の実態を示しているようだ。

「叩けば埃が出そうだな」

新之助は腰の十手を抜いて仁吉の眼前にちらつかせた。

「何もやましいことはしてませんよ」

「そう言い切れるのか」

「決してやましいことは……」

「もし、その勘助が義助であったなら、おまえ責任取れるのか。この店の背後にいる博徒《ばくと》どもに迷惑がかかるのではないのか」

新之助は迫る。

「それは……」

仁吉はしどろもどろとなった。

「どうなんだ！」

新之助は怒鳴りつけた。

「いや、それは……、でも、あっしは、別に義助の……、あ、いえ、勘助の」

仁吉はぼろを出したことに自らが気が付き、もう開き直った。

「義助の奴が、奉公先の大名屋敷で何をしてやがるのかは知りませんよ」

仁吉はかろうじて逃げ道を作った。

「そうか、それでもいい。義助の居所を教えろ」

「そんなこと、知りませんよ」

「まだ、惚けるか」

「いえ、まあ」

仁吉は渋々、義助の住まいを言った。

「実は、いい大名屋敷に奉公先のあっせん依頼が入りましたら、報せることになっておりますんで」

「よし、案内しろ」

「嘘じゃねえんで」

仁吉は逃げ腰である。

「おまえが、案内するんだ」

新之助は仁吉の襟首を摑んだ。仁吉は、

「わかりました、お待ちください」

やっとのことで素直になると大急ぎで歩き出した。

「手を焼かせおって」

新之助は苦笑を漏らした。

四

仁吉の案内でやって来たのは、神田鍛冶町《かじちょう》の一軒家だった。新之助が仁吉を促す。

仁吉は格子戸をがらがらと開け、

「おれだ、木塚屋の仁吉だ。いい、奉公先があるぜ」

と、声を放った。

「そうかい」

返された声はきわめて明るいものだった。階段を降りる足音がしたと思うと中年男が顔を見せた。のっぺりとした顔のこいつが大泥棒かと疑わしくなるほどの、頼りな

げな風貌である。義助は新之助を見て、八丁堀同心と悟ったのだろう、

「てめえ、裏切りやがったな、畜生め！」

仁吉に罵声《ばせい》を浴びせたと思うと、踵《きびす》を返し、階段を上がって行った。すかさず、新之助も追いかけ階段を上る。義助は脱兎《だっと》の如《ごと》く逃げて行く。階段を上がると、部屋を突っ切って、窓から外に出た。新之助はすんでのところで追い着いたが、さすがに義助はすばしこい。屋根に下りるや、軽やかにとんぼを切り、地べたに下り立った。

新之助も窓から屋根に下り立つと、往来に飛び下りた。義助は逃げて行く。新之助は追いかける。義助の前を酒樽《さかだる》を積んだ大八車が横切った。勢い余った義助は避けることができずぶつかるや弾き飛ばされるようにして路傍に転がった。そこへ、新之助が駆けつけて十手を突きつけた。

「鎌鼬の義助、御用だ。神妙にせよ！」

新之助は怒鳴りつけた。

「けっ、どうにでもしやがれ」

義助は大の字になった。

新之助は義助を近くの自身番まで連れて行った。

「旦那、おれは逃げも隠れもしねえ。だから、これを解いておくんねえ」

義助は後ろ手に縛られていた荒縄を揺すった。

「黙れ、全部白状してからだ」

新之助は聞き入れることはなかった。義助は不貞腐《ふてくさ》れたようにそっぽを向いた。その態度はふてぶてしい。

「大名屋敷に忍び込み、盗みを働いておるな」

「そうですよ」

義助は開き直った。

「何処に盗み入った」

「さてね、忘れましたよ」

途端に新之助は義助の頭をはたいた。義助はのけぞりながら、勘弁してくださいと不満たっぷりに答えた。

「答えろ、自分が盗みに入った大名屋敷を忘れることはないだろう」

新之助は義助の襟首を摑んで強く揺さぶった。義助の目に怯えが浮かび、自分が盗み入った大名屋敷の名前を挙げた。それを新之助は帳面に書き記していく。しかし、大杉屋敷のことは出てこない。それに、並河から聞いた大名屋敷三軒のことも告げられなかった。

「おい、それだけか」

低くくぐもった声を発する。

「そうですよ」

義助は神妙に答えた。

「往生際《おうじようぎわ》の悪い男だな」

新之助は舌を大きく打ち鳴らした。義助は惚けてなどいないことを強い口調で言い立てる。

「白状しろ」

新之助が手を上げようとすると義助は本当に、これだけだと言い張る。

「御城の西の丸下にある大杉安芸守さまの御屋敷はどうだ」

「大杉さま……」

義助はぽかんとなった。

「お前、大杉さまの御屋敷から骨董品を盗んだだろう」

「知りませんよ」

「掛け軸だぞ」

新之助は念押しをする。

「そんな物、盗みません。あっしが盗むのは金だけです。足がつきませんからね。書画、骨董なんて物、あっしは盗みゃしませんよ。金にする時、足がつくじゃござんせんか」

確かにもっともである。

新之助が黙り込むと、

「それに、あっしは目利きなんてできませんぜ。どの書画が値打ちがあるのか、どの壺が青磁の高価な壺なのか、そんなこと一切わかりませんからね」

「目利きはできなくとも、大名屋敷の土蔵に仕舞われている品々であれば、みな、高価な物に違いあるまいが」

新之助は反撃の糸口を摑んだ気がした。

すると、義助はここで声を上げて笑った。新之助は一瞬、呆気《あっけ》に取られた。が、すぐにむっとして、

「この野郎、馬鹿にしておるのか」

「そうじゃござんせんや」

義助が首をすくめて言うことには、

「お大名の御屋敷の土蔵にある書画、骨董の類というのは、案外と贋物《にせもの》が多いんですよ」

「いい加減なことを申すな」

「いや、これは本当ですよ。お大名の台所事情ってのは、どこも苦しいですからね。先祖伝来のお宝を売り払って、それを取り繕《つくろ》うのに、贋物を作ったりして間に合わせるということをよくやっているんですよ」

「ほう」

思わず聞き入ってしまった。

「そりゃ、中には正真正銘のお宝もありますよ。ですけどね、土蔵に盗み入って、薄暗い中でですよ、あんまりゆとりもなく、どれが本物だなんて、のんびりとぶっつわって探すなんてことできるはずがございませんや」

義助はわかってくだせえと懇願口調になった。

「なんなら、家を探してくだせえよ。骨董なんて、ありゃしませんや」

義助は頑《がん》として認めようとはしなかった。

「わかった。家探しをするぞ」

新之助は義助の言葉を信じる気になっているが、やはり鵜呑《うの》みにはできないからここは裏を取る必要がある。

折よく、奉行所から義助を奉行所まで連れて行くために小者が三人やって来た。一人を見張りのために残し、二人を連れて義助の家へと戻った。

「家探しをする」

新之助は小者二人と共に、義助の家を探し始めた。部屋の隅から隅、台所にある、瓶《かめ》や壺の中、更には畳を剝がし、縁の下を見る。すると、そこには壺があった。小者二人によって壺《つぼ》が引き上げられる。新之助はすぐに中を開いた。

小判が出てきた。

小者たちも目を瞠《みは》る。全部を数える。全部で三百三十両余りだった。義助が盗み入ったと白状したのは八軒の大名屋敷である。

いくらか使ったであろうが、義助は一軒当たり、百両に満たない金しか盗んでいないという評判は本当なようだ。縁の下にはこの壺の他には見当たる物はない。

「天井裏だ」

新之助は小者と共に天井裏に上がった。蜘蛛《くも》の巣や、埃にまみれながらも探してゆく。しかし、何処にもお宝はなかった。

なるほど、金以外はない。

新之助は自身番に戻った。

「どうです、なかったでしょう」

義助はどこか誇らしげである。なかったからといって、義助が盗まなかったことにはならない。

「何処へ隠した」

もう一度聞く。

「勘弁してくださいよ。盗んでねえものはねえんです」

義助は主張を変えない。

「しかと、相違ないな」

「今更、嘘をついたって仕方ないでしょう。十両盗んだら首が飛ぶってのが、御定法《ごじょうほう》じゃござんせんか。あっしゃ、間違いなく打ち首、獄門《ごくもん》でさあね。今更、助かろうなんて思っていませんや」

新之助はここで考え込んだ。すると、義助は思いもかけないことを言い出した。

「おれは、目利きができねえから、書画、骨董の類は盗みませんでしたがね、中には、書画骨董を盗む連中もいるわけですよ。そうした連中は、金に替えるのですがね、それをどこかで捌《さば》いているって噂がありますぜ」

それはまさしく、源太郎が聞き込みをしてきた報告を裏付けるものだった。

「それは、何処にあるんだ」

新之助が迫る。

「王子村って聞きましたぜ」

やはり、源太郎が聞き込んできたのは本当のような気がしてきた。

「王子村の何処だ」

「そこまでは知りませんや。旦那方で探って、突きとめればいいじゃございませんか」

それはもっともな話だけに新之助も言い返すことはできなかった。

「ま、せいぜい、がんばってくだせえな」

義助は小馬鹿にしたように鼻で笑った。

「ふん、ほざけ」

「こちとら、もう、覚悟は決めてますからね。但し、あっし、一人じゃ地獄へ行きませんぜ。何人かお供と一緒ですよ。口入屋の仁吉もそうだし、木塚屋にやくざ者を大名屋敷に斡旋してる博徒《ばくと》連中だってそうだ」

「それは望むところだ。残らず、吐け」

新之助は言った。

五

明くる二十四日、北町奉行所を並河が訪ねて来た。並河は鎌鼬の義助が捕縛されたと聞き、駆けつけて来たという。新之助は緒方と共に使者の間で並河を出迎えた。並河は期待の籠《こも》った目で新之助を見てきた。

「それで、掛け軸は何処に」

並河が意気込んできた。

「それが、掛け軸の行方はわかりません」

新之助が答えた。並河は怪訝そうに眉をしかめ、

「しかし、鎌鼬の義助を捕縛されたのであろう」

並河は責め口調になった。

「捕まえました」

新之助は強く首肯してから義助が大杉屋敷には盗みに入っていないことを話した。

「そんな馬鹿な」

並河は首を横に振る。

「義助の家を家探ししましたが、金子《きんす》は出てまいりましたが、書画、骨董の類は一切ありませんでした」

「探したりないからではないのか」

「そんなことはございません」

新之助は心外だとばかりに強く首を横に振った。

並河は譲らない。

「ならば、何処かに隠しておるのだ」

「ところが、わたしにはそうは思えません。義助は大杉さまの御屋敷の他、書画、骨董の類が盗まれた御屋敷には盗み入っておりません。義助は専ら、金子を盗むだけでございます」

「それは、義助が申しておるのであろう」

「はい」

「ふん」

並河は鼻で笑った。盗人の言うことを鵜呑みにするとはそれでも町奉行所の役人なのかと批難《ひなん》の言葉を投げかけてきた。新之助はぐっと堪えて義助を取り調べた様子を語り、義助が決して根も葉もない嘘を言い立てているのではないことを説明した。それでも並河は納得できない様子である。

「それで、これから、並河さまにお報せいただいた大名屋敷を回りたいと思うのです」

「回ってなんとする」

「盗まれた時の様子を確かめたいのです」

新之助はじっと並河の目を見た。

「しかしな」

並河は目を揺らした。

「是非とも回ります」

「それもよいが、当家としては、掛け軸が戻らないことには」

並河はぶるぶると声を震わせた。

「それにつきましては、一つ手がかりがあります」

新之助は義助から聞いた、盗品を売買する斡旋所があることを言った。

「その斡旋所、実は、骨董商の筋からも浮上しております。ですから、探る価値はあると思います」

「その斡旋所、何処にあるのだ」

「王子村、飛鳥山の麓《ふもと》だそうです」

「なんと、王子村……。公方さま御鷹場たる岩淵筋ではないか」

並河の顔が曇った。近日行われる将軍徳川家斉の鷹狩のことが脳裏を過《よ》ぎったに違いない。

「蔵間も骨董商を手繰《たぐ》り、王子村で手がかりが摑めると考えております」

「蔵間……」

並河は呟くように言った。新之助の目からは並河が源太郎のことに言及すると微妙な変化を見せることに違和感を抱いた。だが、そのことを訊くには気が引けた。

「わたしもまいりたいと思います」

「首尾よく、王子村で掛け軸を取り戻すことができれば何よりじゃ」

「お任せください」

新之助はここぞとばかりに言う。八丁堀同心の意地を見せたいという気分にもなる。

「ですが、その前に並河さまからお聞きしました三軒の大名屋敷、すなわち、松代藩真田さま、高崎藩松平さま、亀山藩石川さまの御屋敷をいま一度当たってみたいのですが」

「それはかまわぬが」

並河から三家を訪ねるに当たって誰を訪ねればいいのかを聞いた。並河は各大名家の用人の名を告げた上で、

「当家としては、なんとしても掛け軸を取り戻したい。だが、もしもじゃ」

そう勿体《もったい》ぶったように空咳を一つをした。新之助も緒方も身構えた。並河はおもむろに、

「もしも、盗品の斡旋所で売りに出されたとしたら、当家としては買い戻すことも考えておる」

と、言った。

「いや、それでは……」

新之助はそれには抵抗を感じた。それでは、盗品によって儲けをもたらしてしまうではないか。悪党を肥え太らせるだけである。

「そなたらの気持ちはわかる。悪党どもに利をもたらすようなことはさせたくはないのだろう。しかし、当家としてはまずは掛け軸を取り戻すことこそが肝要なのだ。金で買い戻すことも選択肢《せんたくし》の一つと考えている」

「どのような多額がふっかけられるかもしれませんぞ」

「多少の金は覚悟の上だ。なにせ、御家の大事がかかっておるのだからな」

並河が言うのはもっともだろう。掛け軸を失くした、あるいは盗まれたとなれば、御家に関わる。まさか、改易《かいえき》や転封《てんぽう》処分にはならないだろうが、寺社奉行という重職、老中への登竜門《とうりゅうもん》にありながら、御役御免となる可能性は十分に考えられる。並河が金を払ってでもというのもわかる。

「そのこと、しかと頼む。なにせ、大事なのは掛け軸が戻ってくることだ。よいな」

並河は釘を刺してから部屋を出て行った。新之助は緒方と顔を見合わせてため息を吐《つ》いた。新之助は鎌鼬の義助捕縛という大手柄を立てても、一向に喜びが湧いてこなかった。それどころか、自分の未熟さを思い知ったような気になってしまう。

「ともかく、まずは、三軒の大名屋敷を探ってまいります」

「よかろう」

「それと、源太郎が既に王子村に行っております」

「そうじゃったな」

緒方がどこか上の空となっているのは、今しがた並河に釘を刺されたことを気にしてのことなのだろう。

「牧村、まこと、義助の仕業ではないと思うか」

「わたしは義助の言葉に嘘はないと思います。決して、義助の言葉を鵜呑みにしたのでも、勘に頼っておるわけでもございません」

「しかと申せるのだな」

緒方は強い眼差しを送ってきた。

「むろんです」

新之助も強い目で返す。

「ならば、思い切ってやれ」

「源太郎とも連絡を取って行いますが、源太郎、勇み足を踏んでおらねばよいのですが」

新之助が危ぶむと、

「まあ、源太郎のことだ。さぞや、血気にはやっておることであろうて。おまえ、よく戒《いまし》めてやれよ」

「承知しております」

新之助はしっかりとうなずいた。

「ならば、頼む」

緒方もいささか言葉に力を込めた。だが、その一方で、不安そうに目をしばたたいた。

「いかがされましたか」

「いや、王子村で妙な噂を耳にしておるのだ」

「どういうことですか」

「殺し……。続け様に娘が三人も殺されたという」

「殺し」

新之助は目をしばたたいた。

「そのこと、表沙汰にはできないらしい。なにせ、王子村は公方さまの御鷹場岩淵筋に属しておるからな」

緒方は言った。

新之助の胸に暗雲が垂れ込めた。

第三章　大狐《おおぎつね》の社《やしろ》

一

源之助は娘殺しの探索を続けている。

岩淵筋の鳥見役屋敷を訪れたのが二十二日、今日は二十五日、丸三日以上歩き回っているが手がかりは摑めない。

今日も朝から王子権現、王子稲荷周辺で聞き込みをしたが、はかばかしい成果を得られないまま、装束榎に至った。

すると、枯野を仙道道順の妹比奈が歩いて来る。比奈は源之助を見ると、わずかに顔を曇らせた。源之助のことをよく思っていないことがわかる。源之助も避けて通ろうとしたが、通り過ぎようとした時に比奈が、

「もし、蔵間さま」

と、声をかけてきた。

源之助が振り返ったところで、

「下手人、おわかりになりましたか」

「目下調べておる最中でござる」

「もう、下手人の見当をつけておられるのではございませんか」

比奈の目が厳しく凝らされる。いかにも、何か言いたそうだ。源之助が黙っていると、

「兄を疑っておられるのでしょう」

比奈に面と向かって問われ、口をへの字にして黙り込むと、

「お疑いですね。きっと、村の方々から兄の悪い評判が耳に入ったのでしょう。殺された三人はいずれも兄の診療所を手伝っていた、兄は王子村以外の者たちと交わっている、そんなことをお聞きになられたのではございませんか」

そこまで比奈がわかっている以上、隠し立てをすることはあるまい。

「そのような評判を耳にしました。ですが、わたしは、仙道先生が下手人であるかどうか、まだ判断がつきません」

源之助は言った。

「妹のわたくしが申すのもなんでございますが、兄は医者です。医者という者、人の命を救うのが仕事です。殺《あや》めるとはその正反対。兄がそのようなことをするはずがございません」

比奈は強い口調で主張した。

「今も申しましたように、まだ、わたしの探索は途中です」

「探索といえば、大狐の社には行かれましたか」

「大狐の社……。王子稲荷のことですか」

「違います。王子権現の裏にある社です。一般の村人は立ち入りができなくなっております」

「立ち入りができないとはどういうことですか」

「理由は存じません。言えることは、あそこに足を踏み入れることはできないということと、みな、避けておるということです」

「恐れられているということですか」

「確かにみなさん怖がっておりますね」

比奈は軽く首肯《しゅこう》した。

足を向けてみるか。

「興味深いですな。訪ねてみましょう」

「わたくしもまいります。ご一緒させてください」

比奈は当然のように申し出た。

「わたしに任せてください」

「わたくしも、行ってみたいのです。どうか、お連れください」

比奈は深々と頭を下げた。兄が下手人扱いをされ、居ても立ってもいられないのだろう。大狐の社という秘密めいた社に疑いの目を向けているに違いない。どんな社なのか、大いに興味を抱くところだ。

「比奈殿のお気持ちはわかります。しかし、日のあるうちには中に入るのは難しかろうと思います」

「夜でもかまいません」

比奈にぶれはない。到底《とうてい》引く気はないようだ。そもそも、自分も探りに行くつもりで大狐の社のことを源之助に教えたのだろう。

「では、ここで夜五つ（午後八時）に待ち合わせを致しましょうか」

源之助の提案に比奈はやっとのことで首を縦に振った。

比奈と別れてから、たとえ外からでも大狐の社を見ておこうと思った。王子権現の裏手にあるのだという。ならば、村人に詳しく所在を聞かなくとも辿り着けるだろう。

源之助は王子権現に向かった。まずは、王子権現を覗いてみることを思い立った。王子権現の境内《けいだい》にある金輪寺《きんりんじ》に将軍家斉の御座所が設けられる。従って王子権現では、大々的な将軍鷹狩の準備がされていた。境内に入るや鳥見役組頭青野茂一郎が源之助を見ると、「ご苦労さま」とでっぷりとした身体には不似合いな敏捷《びんしょう》さで駆け寄って来た。

「大変ですな」

源之助が言うと青野は表情を引き締めた。次いで、せっかくだから案内致そうと、境内の奥へ向かった。

既に、大勢の侍が巡回をしている。寺社奉行大杉安芸守の家来たちだそうだ。今から警護とはいささか大袈裟な気もするが、将軍の御座所が置かれるとあれば、今から万全の備えをし、不審者を徹底して排除しておかねばならないのだろう。

「緊張感が漂っておりますな」

歩きながら源之助が声をかけると、青野は大まじめにうなずくのみで言葉を発しない。青野が無言のため、源之助も嫌でも緊張を強《し》いられた。

青野に伴われ本殿の右横を通り過ぎ、石神井川《しゃくじいがわ》に沿った崖に出た。切り立った崖にせり出すようにして舞台が設けられていた。舞台は広々としており、そこで舞でもできそうだ。御座所は舞台の奥に設けてあった。

青野の好意によって、中を見ることが許された。将軍の御座所など、生涯に見られるかどうかはわからない。そう思うと、緊張に身が震える思いだ。

御座所は、将軍の御成りがあるとあって猿頬天井《さるぼおてんじょう》に杉の面皮柱《めんかわばしら》、違い棚に付書院《つけしょいん》を備えた数奇屋《すきや》造りの立派なものだ。

ただ、床の間を飾ることになるであろう掛け軸はない。御鷹狩当日には、由緒《ゆいしょ》ある掛け軸が用意されるに違いない。

舞台の先端には欄干が巡りその上には襖《ふすま》のような木枠が並んでいる。

「京の都にある清水寺《きよみずでら》の舞台を参考にして造ったものでござる」

青野は心持ち得意げだ。

「聞いたことがあります。清水の舞台から飛び降りる、の清水の舞台ですな。思い切って事を成す場合にそうたとえられると聞いております。見たことはございませんが、清水の舞台はそれほどに高いとか」

「いかにも。ま、清水の舞台には及ばんが、なかなかのものであろう」

なるほど凄いものだと思いながら源之助は舞台を見渡し、ふと危うきものを感じた。欄干の上に並んでいる木枠が素通しなのだ。そこには板が嵌《は》め込まれておらず、遮《さえぎ》るものがない。

そこから、弓、鉄砲で狙われはしないだろうか。

「大丈夫なのですか」

「なにがじゃ」

「まだ、完全には出来上がっていないようですが、公方さまの御動座に間に合うのでしょうか」

「間に合うも、御座所はこれで出来上がりでござる」

「木枠が未完なのではございませんか」

「あれのどこが未完と申すか」

「木枠は素通しになったままではございませんか」

「それでよいのだ」

「ですが、障子を貼るなり襖絵を嵌《は》め込むなりなさらないことには完成ではないと存じます」

「わかっておらんのう」

青野はおかしそうに顔を綻《ほころ》ばせる。

「何がでございますか」

「よいか、舞台から見渡す周囲の光景を眺めあれ」

青野は遠くを見た。

石神井川を隔てて、冬ざれとはいえ飛鳥山を中心とした素晴らしい自然が見渡す限りに広がっている。それは、いつまでも時を忘れるほどに飽きることのないものだ。

飛鳥山から左手に視線を転じると枯野のあちらこちらから野焼きの煙が立ち上っている。黒煙が流れ、枯田の畦道や水路脇の野道に大勢の百姓たちが蹲《うずくま》っていた。将軍の御成りに備えて草むしりや清掃が行われているのだ。風光明媚な光景に磨きをかける百姓たちの労苦を目《ま》のあたりにすると、娘殺しの下手人に対する憤りと捕縛することの使命感が湧き上がってきた。

「おわかりか」

青野は相好《そうごう》を崩した。

「つまり、眼前の景色こそが襖絵ということでございますか」

「そういうことだ」

青野は源之助の理解を得られて満足そうにうなずいた。

「大胆ですが、素晴らしい趣向でございますな」

「大胆と申すか」

「いかにも、大胆にございます。いくら、ありのままの風物を愛《め》でるとは申せ、あまりに無防備ではございませんか。もし、弓、鉄砲などで公方さまが狙われたらなんとします」

「そのために、飛道具が配置されぬよう警護は怠ってはおらん」

「しかし、飛鳥山からは」

源之助は舞台の正面に見える飛鳥山を指差した。

「まさか、飛鳥山で鉄砲を使うものなどいるはずがない」

青野は即座に跳ね除けた。

「いや、万が一ということもございます」

源之助は譲らない。

「杞憂《きゆう》というものじゃ」

「では、お訊き致します。御鷹狩の日は飛鳥山への立ち入りを禁ずるのでございますか」

「そういうわけにはまいらん」

「それでは、あまりに無防備」

「しかしのう、飛鳥山から御座所までは二町はある。たとえ、いかなる鉄砲とて届くものではない」

青野の言うのはもっともだ。鉄砲の有効射程距離は三十間（約百メートル）であり、飛鳥山から御座所までは優にその倍以上はある。

「じゃから、何も心配することはない」

青野は笑顔すら見せた。

「そうだといいのですが」

「いや、蔵間、よくぞ、心配してくれた」

青野は余裕の笑みである。

「いや、この警護ですと、まさしく、青野さまは縁の下の力持ちでございますな」

「公方さまに思うさま、御鷹狩を楽しんでくださるようにせねばならん。我らそのために労を惜しんではならん」

青野は再び厳しい表情に戻った。

「おっしゃる通りです」

源之助も深く首肯した。

二

「ところで」

源之助は青野に向き直った。青野も飛鳥山の方から視線を源之助に移した。

「大狐の社についてお聞きしたいのですが」

一瞬、青野の目が泳いだ。

「大狐の社がどうかしたのか」

青野は逆に問いかけてきた。

「聞いたこともない社でございますので気になります。なんでも、村人も立ち入れないとか」

すると青野はにこりとし、

「稲荷の使いである狐そのものを崇《あが》める社だ。立ち入りを禁じているわけではないが、近日、寺社奉行大杉安芸守さまが神社としてお認めになる。おそらくは、上さまの御鷹狩のあとには認可されるだろう。今は、その準備中であるゆえ滅多に人は入れぬというだけじゃ」

青野の物言いには刺々《とげとげ》しさがあり、いかにも、これ以上は追及するなと言いたげである。

「承知しました」

「ところで、殺しの探索如何《いかが》相なった」

「目下、探索の真っ最中でござる」

「仙道とか申す、医者のことはいかに思う」

「仙道にも会いましたが、どうも下手人とするには決め手に欠けると思われます」

「別に下手人がおると考えておるのだな」

「わたしは、そう思います」

源之助ははっきりと述べ立てた。青野は何か言いたそうな素振りを見せたが思い直したように、

「とにかく下手人を挙げよ。上さまの御鷹狩に間に合うようにな」

「全力を尽くします」

源之助は言うとくるりと背中を向けた。

王子権現を抜けて、裏手へと足を運ぶ。しばらく行くと竹林があった。竹林の先に社を示す朱塗りの鳥居《とりい》が見えてきた。どうやら、これが大狐の社らしい。足早に近づき、鳥居の下へと入った。中の様子を見る。人気《ひとけ》はない。境内には神社らしい建物が建ち並んでいる。手水舎《ちょうずしゃ》、拝殿が見え、拝殿の背後には本殿もあった。神楽殿《かぐらでん》もあり向かい合わせて能舞台がしつらえてある。いかにも神社らしきていさいを取ってはいる。目立っているのは、狐の石像が至る所に配置されていることだ。

ここがそんなにも怪しげな社なのだろうか。怪しいと思っていると得体《えたい》の知れない空気が漂っているような気がしてきた。中に入ってみようか。源之助は鳥居を潜った。神社であるか疑わしいが、手水舎で手を清め奥へと向かう。

境内を横切り、拝殿の前に立つ。賽銭箱《さいせんばこ》はない。とりあえず両手を合わせた。それから、背後の本殿に向かうが、外からは中の様子は窺えない。やはり、夜を待つとしよう。そう思って、社の外に出た。

その頃、源太郎は王子村へとやって来た。何はともあれ、飛鳥山に登る。まもなく新之助がやって来る。新之助から連絡があり、共に飛鳥山周辺の探索に当たることになったのだ。冬ざれの光景とあって寒々としているが、源太郎は探索に燃えているため気にはならなかった。崖っぷちに建ち並ぶ茶店で待とうとしたところに、折よく新之助がやって来た。

「待たせたな」

「いえ、わたしも少し前に来たところです」

言いながら二人はまずは茶店で暖を取ることにした。玉子酒を頼み、縁台に座った。店の主人権兵衛は二人が八丁堀同心であることに気が付いて、

「町方のお役人さまですか」

と、訊いてきた。

「北町の者だ」

「やはり、殺しの探索にいらしたのですか」

権兵衛は辺りを憚るような物言いをした。

「いや、殺しの探索ではないが、どうして、そのようなことを聞く」

新之助が問い返すと、

「いえ、このところ、町方のお役人さまがよくおいでになられるので。先ごろも殺しの探索においでになりました」

「ほう……、して、誰だ」

新之助が問い返したところで主人は他の客の応対に向かった。源太郎が、

「殺しの探索とはなんですか」

「それがな、王子村で三人の娘が殺されたというのだ」

新之助が緒方から聞いたことを語った。見る見る源太郎の眉間《みけん》に皺が刻まれた。

「ならば、殺しの探索も合わせて行いましょうか」

「そうしたいところだが、ここは公方さまの御鷹場岩淵筋だ。我ら町方の者の勝手な探索は許されない」

新之助は言った。

「ですが、町方から探索に出向いているとのことです」

「そこが、ちと気にかかるがその者、北町ではないだろう」

新之助は首を捻りながら答えた。確かに奇妙なことである。

「すると、南町だということになりますが、何故、町方の役人が王子村の探索などを行うのでしょうか」

「さてな、理由はわからんが、鳥見役組頭の青野茂一郎さまも承知おきのことだろう。でないと、公方さまの御鷹場で町方が勝手に探索などできるはずがない」

「ということは、青野さまからの要請があってのことなのかもしれませんね」

「そういうことになる。探索を行っているのは、鳥見役から要請を受けるほどの腕利きなのではないか。隠密廻《おんみつまわ》りか。いや、そうではあるまい。主人が町方の役人だと言っているのだからな。見た目で八丁堀同心とわかるはずだ」

「ともかく、我らは掛け軸を取り戻さねばなりません。それには盗品の斡旋を行っている巣窟《そうくつ》を見つけ出さねばなりませんな」

「そうだ。掛け軸を取り戻さねばならん。それでな……」

新之助はここで声を潜めた。これが源太郎にはひどく畏《かしこ》まったものに見えた。ついつい身構えてしまう。

「これは、並河さまからきつく言われたのだが、たとえ、盗品の斡旋所を見つけたとしても、第一に優先すべきは、掛け軸を取り戻すことであり、斡旋所を摘発するのは、掛け軸を取り戻してからだとのことなのだ。場合によっては、金子《きんす》を用立ててもいいとさえ言われた」

「そんな……」

やる気が急激にしぼんでゆく。

「そうは言っても、我らはあくまで盗人どもの利になるようなことはできぬ」

「そうですとも」

源太郎はつい言葉に力が入った。それからおもむろに、

「牧村殿は、大杉屋敷の盗難、鎌鼬の義助の仕業ではないとお考えなのですね」

「それどころか、ちと奇妙なものを感じる」

新之助は並河に紹介された大名家を三軒回った結果を話した。すなわち、松代藩真田家、高崎藩松平家、亀山藩石川家の上屋敷である。

「それで、何が奇妙だと思われているのですか」

「三つの大名屋敷、いずれも盗人に入られたのだが、大した品物を盗まれたわけではないそうなのだ」

「ほう……」

源太郎の胸もざわめいた。

「義助が申しておった。書画、骨董の類は金にするのが面倒だし、足がつく。第一、よほどの目利きでないと、値打ちのある書画、骨董など盗み出せない、とな」

「なるほど、まさしく義助が申した通り、大杉さまの御屋敷以外、いずれも値打ちのない、盗まれたとて騒ぎ立てるような品物ではなかったというのがよくわかります」

「そうであろう。となると、大杉さまに押し入った盗人はよほどの目利きなのか」

新之助はここで言葉を止めた。源太郎の脳裏に大杉屋敷の土蔵内の光景がまざまざと蘇《よみがえ》った。整然と書画、骨董の品々が並べられていた。そこから、掛け軸を盗み出したのだからよほどの目利きか、はたまた偶々《たまたま》なのか。

「確かに奇妙でございます」

源太郎もうなずく。

「そうであろう」

新之助はわが意を得たりとばかりに呟いた。

「そのことと、盗品の斡旋所とは何か関係があるのでしょうか」

「わからん」

新之助は首を横に振った。その強さが新之助の疑念の深さを物語っている。源太郎とて同様だ。

「今回の一件、なにしろ、奇妙でございますな」

「まったくだ。我らは与えられた役目を遂行する以外に道はないのだがな」

「そういうことですね」

源太郎は割り切れない思いを吹っ切るようにして玉子酒を飲んだ。新之助がふと、

「そういえば、蔵間殿はもう日光にお着きになったであろうかな」

曇天を見上げる。今にも雪が降ってきそうな雪催《ゆきもよ》いの空に源太郎も視線を向けながら、

「日光まではおおよそ三十六里。二十二日に旅立ったのですから今日で四日目、父は健脚ですからそろそろ日光に到着しているかもしれませんね」

「蔵間殿なら今回の盗み、どのようにお考えになるだろうな」

新之助は微笑んだ。

「父なら、奇妙な点をひとつ残らず明らかにせねば気がすまぬでしょう」

「まさしくその通りだ」

新之助はその言葉に励まされたように力強く腰を上げた。

三

二人は飛鳥山の麓にある、茶店、縄暖簾などをまず当たった。ここらで、怪しげな連中が出入りしているような場所はないかと探索をしてみたが、それらしい所はそう都合よくは浮上してこない。村を回ったが、村人はよそよそしくてろくに答えてくれなかった。寒さと徒労に終わったこの一日でこのまま仕事を終える気がしない。

「一杯やるか」

新之助が誘い水を向けた。

「いや」

源太郎は成果も上がらないのに、酒を飲むことに抵抗を感じてしまう。新之助はそんな源太郎を励ますかのように、

「くよくよしたって仕方ないさ。景気づけとは言わないが、軽く一杯やろう。それにな、縄暖簾というのは、案外と土地の事情がわかるものだぞ」

新之助の言葉に従い飛鳥山の麓にある縄暖簾を潜った。八間行燈に照らされた店内は客で埋まっている。目につくのは、大工や植木職人、経師屋《きょうじや》、人足といった連中で、酒を運んで来た女中に訊くと、将軍さまの鷹狩があるため、御座所造りやら、お通りになる道や橋の普請《ふしん》に従事する者たちであるという。

なるほど、彼らは懐具合《ふところぐあい》がいいと見えて陽気に飲み喰いをしている。

「こりゃあ、旅籠《はたご》は取れぬかもしれぬな」

新之助が嘆いたように、女中はこのところ旅籠は一杯だという。元々、この辺りは宿場ではないから、旅籠といっても限られているし、彼らが泊まるのは庄屋の家やら、王子権現や末社の物置小屋の類だった。それだけでは足りず、湯屋の二階や料理屋の

布団部屋で寝泊まりを繰り返す者たちもいるとか。

「板橋《いたばし》まで行くか。それとも、どこぞまで戻るか」

新之助に判断を求められ、

「戻るんなら、八丁堀まで帰りますよ」

「そうか、恋女房が待っているものな」

新之助のからかいに源太郎は顔を真っ赤にして、

「そんなんじゃありません」

むきになった。

「おい、むきになると益々からかいたくなるぞ」

新之助が徳利を差し出したところで、

「ところでよ、あのお社、なんだと思う」

という男の声が耳に入った。大工たちが飲んでいた。酔った上での戯言《ざれごと》のようなのだが、必ずしもそうとはいえない様子である。

「おい、いいよそんなこと」

年長の男が諭《さと》す。ところが若い方は納得できないとばかりに首を横に振る。それからしばらくは黙っていたが、酒が進むと気が大きくなったのか、

「怪しいぜ、兄貴よ」

と、兄貴分に絡《から》み始めた。兄貴分は黙ってろと言ったが、男は収まりが利かないようだ。

「与二郎《よじろう》の野郎、殺されたんだよ」

兄貴分が、

「てめえ、ちょっと、頭を冷やしてこい」

と、男の額をぽかりと叩いた。男は頭を押さえながら、

「いてえな、ほんとのことじゃねえか」

「いいから、頭冷やしてこい」

きつく言われ男はそういえばしょんべんがしたくなったと立ち上がった。兄貴分は苦笑混じりにそれを見送る。源太郎は新之助に目配せをして、

「厠《かわや》はどこだ」

と、腰を浮かした。女中に裏庭だと教えられ、店を突っ切ると裏庭の厠へと向かった。そこに大工が立っていた。用を足すまで待ち、声をかける。

「ちょっといいか」

「ええ、なんですよ」

大工は酔眼を向けてきた。

「あの社がどうのこうのと申しておったが、誰それが殺されたと」

源太郎は真顔で問い詰める。

「ええ、いや、それ」

男は口の中でもごもごとやり始めた。源太郎は素性を明かした。

「は、八丁堀の旦那が、どうしてここに」

「そんなことより、詳しく話してくれ」

源太郎は強い口調になった。大工は留吉《とめきち》と名乗り、将軍の御座所の普請仕事にやって来たのだという。

「腕が立つのだな」

源太郎の賞賛を留吉は頭を掻いて照れてから、仲間の与二郎が死んだことを語った。

それによると、与二郎は大狐さまの社へ入って行ったのだという。

「大狐さま」

源太郎がいぶかしむと、

「ええ、王子権現さまの裏手にそう呼ばれてるお社があるんでさあ。そいで、そこには絶対に近寄っちゃならねえって、お達しがありましてね、それでもってあっしらは足を踏み入れるような真似はしなかったんですよ。ところが、与二郎の奴、酔った勢いで、あっしらが止めるのもかまわず、時節外れの肝試《きもだめ》しだなんて、ぬかしやがって」

大狐の社に夜中に入って行ったのだという。

「それで、あっしらも後を追いかけようとしたんですがね、棟梁《とうりよう》にきつく止められまして、それで」

明くる朝、与二郎は何事もなく仕事場にやって来たのだが、心ここに非《あら》ずといった様子であったという。それから、仕事の普請場に一人居残って仕事を続けていた時に足場から足を踏み外して頭を打ち、死んだのだとか。

「おまえ、殺されたと申しておったな」

「実はそうなんです。あいつは、酒を飲むとどうにも困った野郎だったんですがね、仕事は確かだったんですよ。それが、足場を踏み外しておっこちて死ぬなんて無様《ぶざま》な醜態をさらすはずござんせんや」

与二郎が死んだときは昼の弁当を使っていたのだそうだ。

「あっしはどうしても、与二郎の奴が事故で死ぬなんてことは考えられねえんですよ。で、考えられるとしたら、大狐さまの社しかねえんですよ」

留吉の舌はもつれていたが、その考えに微塵《みじん》の揺らぎもないようだった。与二郎という男が大狐の社に入ったお蔭で殺されたのかどうかはわからないが、大狐の社というのは気にかかる。

「旦那、あっしから聞いたってことはくれぐれも内緒にしてくだせえよ」

「わかっている」

「本当ですぜ。あっしゃ、まだ死にたくねえですからね」

「おまえまで殺されると申すか」

「心配ですぜ」

それだけ言うと、留吉は首をすくめながら店の中へと入って行った。入れ替わるようにして、新之助が出て来た。

「どうだった」

「それが、面白そうなものにぶち当たりましたよ」

源太郎は言った。新之助の目が好奇心に染まる。

「大狐の社というのがあるのだそうです」

源太郎は留吉から聞いたことを話した。

「そいつは面白そうだな」

「人の立ち入りを禁止しているというのが、怪しい」

「盗品の斡旋をやっているというにはふさわしいように思えるな」

「でしょう。行ってみますか」

源太郎は酒で火照《ほて》った頬を手で張った。

「よし」

新之助も異存なく賛成してくれた。

源太郎と新之助は店に戻ると勘定をしようとした。すると、留吉たちは既に帰ったあとだった。店の主人に勘定を払うと、

「大狐の社へ行きたいのだがな」

源太郎は尋ねてみた。地元の人間の反応を知りたかったのである。するとたちまちにして主人の顔が引きつった。

「そ、それは、およしになった方がよろしゅうございます」

主人は大きくかぶりを振った。

「どうしてだ」

「あそこは、参拝は禁じられておりますから」

「どうしてだろうな」

「神社のご認可が下されるまでは、みだりに立ち入っては大狐さまの祟《たた》りがあるんですよ」

主人は大まじめである。

「そうか、それは益々、面白いではないか」

源太郎は新之助と顔を見合わせくすりと笑った。

「我ら、臍《へそ》曲《ま》がりでな、そう聞くと益々、行って、みたくなる」

「そんな」

主人は呆れたような顔をしたが、何を言っても無駄だと思ったのか、それ以上は何も言わなくなった。


二人は縄暖簾を出た。

さすがに夜風が身に沁みる。さて、今晩の宿はどうしようと思ったが、そんなことよりも大狐の社である。聞くからに不気味で怪しげだ。源太郎は大狐の社こそが、盗品の斡旋所であることを確信している。新之助も同様らしく大狐の社が近づくにつれ、緊張の度合いを強め、口数が少なくなっていった。

やがて、大狐の社が暗闇に見えてきた。鳥居の中は篝火《かがりび》が焚《た》かれている。

四

　源之助は装束榎で比奈と待ち合わせ、大狐の社にやって来た。大鳥居が見えたところで、周囲を見回す。茂みの中に源之助と比奈は身を隠した。やがて、参道を境内に向かって何人かの男たちが入って行く。いずれの者たちも狐の面を被っていた。いかにも怪しげである。源之助は背筋が寒くなるのを感じた。比奈も食い入るようにして境内を見入っている。

　狐面の男たちが、境内に消え、そこから本殿へ向かった。源之助と比奈は顔を見合わせる。

「まいりましょう」

　比奈の方が積極的である。源之助よりも先に小走りになって境内へと向かった。源之助も足音を忍ばせ、闇の中に身を投じてゆく。二人は鳥居から一路拝殿の横をすり抜けると一気に本殿まで迫った。

　本殿に近い躑躅《つつじ》の植え込みで、

「比奈殿はここで待たれよ」

源之助が言うと、案の定、

「いいえ」

比奈は抗《あらが》った。

「本殿の縁の下に潜り込みます。比奈殿、こうしたことは手慣れた者にお任せいただきたい」

有無を言わせない強い口調で言い置き、比奈の返事を待たずに本殿へと向かった。幸い、比奈はついては来なかった。源之助は床下に潜り込んだ。腰を屈め足音を消して歩く。新造なったばかりとあって幸いにも蜘蛛《くも》の巣や鼠《ねずみ》に遭遇することもなく、吹き抜ける寒風さえ我慢すればすいすい進むことができた。息を殺すと上方から人の声が聞こえてくる。

「さあ、次は、青磁《せいじ》の壺だ。出所は勘弁くださいね」

すると笑いが起きた。

何やら、競り市のようなことをやっている。ここはどうやら、骨董品売買をやっているようだ。こんな秘密めいた建物でそんなことをやっているとすると、ここで売り買いされている品物はきっといわくつきの物なのだろう。たとえば、抜け荷品であるとか盗品であるとかである。

「どうだ、どうだ」

「五十両」

　という声がかかると同時に、別の声音《こわね》で、六十両という声がかかった。

「六十両、もっと上はないか」

　場を仕切っている男の声が響く。すると、それに煽《あお》られたように八十両という声がかかり、結局、百十両で競り落とされた。どんな壺なのか、見えないためわからないが、いや、たとえ見たとしても、手に取ったとしても、自分には青磁の壺が百十両の値打ちがあるかどうかなどとんとわからないに違いない。

　源之助は思わずため息を吐いた。すると、足元で鈴が鳴った。侵入者を報せるため、地中に鈴が埋められていたらしい。

「しまった」

　気が付いた時は遅い。

　源之助は腰を屈めるという窮屈な姿勢のまま床下を小走りに進んだ。頭上が俄《にわ》かに騒がしくなった。

「鼠が忍び込んできやがったぜ」

　大きな声がする。源之助は中腰のまま必死で床下を走る。やがて、抜け出すと躑躅《つつじ》の植え込みの前に比奈が立っていた。

「見つかった、逃げますぞ」

そう一言浴びせると同時に背後から大勢の人間が追いかけて来る。比奈も頬を引き攣《つ》らせながら一緒に走る。二人は白い息を吐きながら境内を走る。拝殿の横を過ぎたところで、背後を振り返る。やくざ者と思《おぼ》しき連中が追って来た。

源之助は手水舎の陰に比奈を潜ませ、自らも身を隠した。すると、神楽殿の向かいに設けられた舞台で一人の男が舞をしている。白絹《しろぎぬ》の小袖に真紅《しんく》の袴を穿《は》き、扇子《せんす》を持って舞う姿は篝火を受け、妖艶《ようえん》に映った。但し、顔を覆う狐の面が不気味だ。

やくざ者が能舞台の前にやって来た。

「大狐さま、こちらに、曲者《くせもの》が逃げて来ませんかね」

やくざ者の一人が声をかける。大狐と呼ばれた男は舞を続けたまま返事をしない。やくざ者は焦《じ》れたように、

「お気付きじゃございませんか」

いささか大きな声を上げた。すると、大狐の身体が宙を舞った。それは、舞のように華麗なものであった。そして、音もなく地べたに下りると、扇子でやくざ者の額を打ち据えた。

「す、すみません」

やくざ者の悲鳴が夜空に轟《とどろ》く。

「無粋者め」

大狐は一言発すると、大股で歩き去った。その優美な立ち姿は雅《みやび》な風情《ふぜい》に彩《いろど》られていた。やくざ者たちは唖然《あぜん》としていたが仲間が駆けつけて来ると、

「探すぜ」

という声と共に境内を走り抜け鳥居から出て行った。

「何者であろう」

源之助は呟いた。

「大狐さまと呼ばれていましたね」

比奈も驚きの声である。

「ともかく、逃げましょう」

源之助は言った。

二人は足音を忍ばせ鳥居を出た。すると、前方から来る男二人と鉢合わせた。

「きゃあ」

比奈が悲鳴を上げた。

同時に、

「父上」

「蔵間殿」

という声も上がった。源之助も驚きの声を上げようとしたところで、背後から、

「向こうだぞ」

という声が迫ってくる。

「事情はあとだ。追手がかかっておる。医者仙道道順殿の御宅で待つ。わけはその時に話す」

源之助は言葉を投げるや、比奈を伴って夜道を急いだ。源太郎と新之助は顔を見合わせた。そこへやくざ者と思われる男たちがどやどやと走って来た。

「野郎、こんな所にいやがったぜ」

先頭の男が凄い顔で源太郎と新之助を睨んできた。

「おい、何か勘違いしておるのではないか」

「惚けるな」

やくざ者が凄む。

「惚けてなぞおらんぞ。我らは北町奉行所の者だ」

　提灯が新之助と源太郎の顔に向けられた。源太郎も新之助も手で灯りを遮断しながら、やくざ者を見据える。二人の形《なり》からして八丁堀同心とわかったのだろう。

「すいません、ちょいと、怪しい男を追っているんですよ。旦那方、お気が付きになりませんでしたかね」

「ああ、そういえば妙な者を見たな」

　新之助は言った。

「どっちへ逃げて行きましたかね」

　やくざ者は意気込んできた。

「さて」

　新之助は勿体《もったい》をつけるように周囲を見回してから、源之助たちが逃げたのとは真反対の方角を指差した。

「ええ、あっちですか」

　やくざ者は素《す》っ頓狂《とんきょう》な声を上げたが、

「早く行かないと逃げられるぞ」

　新之助に急《せ》かされるとやくざ者は枯田の中に入って行った。それから泥を踏みしめる音がし、やがて、喧騒と共にやくざ者たちは闇に呑まれていった。

「やれやれ」

新之助が言うと、

「驚きましたね。父はてっきり日光へ向かっているとばかり思っておりましたが、まさか、こんな所でお会いしようとは」

源太郎はまさしく心底驚いた。

「しかも、妙齢《みょうれい》の娘と手に手を取ってとはな」

新之助は思わせぶりな笑みを浮かべた。

「どうしたんですよ」

「いや、これはひょっとして、ひょっとするかもしれんぞ」

「どういうことですよ」

源太郎は新之助の言いたいことはよくわかったが、それを自分の口から言うことには抵抗がある。

「つまり、女と一緒によろしく楽しんでいたということだが、ま、そんなことは実際問題あるはずはないな。きっと、深い事情があって、日光代参を装って王子村で御用をなさっておられるのだろう」

「それは、殺しの探索ということなのではございますまいか」

「その通りかもしれんな。敏腕の町方同心が要請されたのであろうから、まさしく蔵間源之助に間違いあるまい」

新之助は言った。

「父は誰にも内緒で孤軍奮闘《こぐんふんとう》していたということですか」

源太郎は胸が温かくなった。

「そういうことだな。ならば、我らも仙道という医者の家に行こうか」

「その前に、社を探りませんか」

新之助の言葉を受けて源太郎は返した。

「張り切っているな」

新之助は言ってから二人は大狐の社に向かって歩き出した。すると、境内の中は篝火の数が増やされ、松明《たいまつ》を持った男たちが走り回っている。

「こいつは、ちょっと、足を踏み入れるには難しいな」

「そうですね」

源太郎も認めざるを得なかった。

「ひょっとして、蔵間殿、社の中を探ったのかもしれんぞ」

「きっと、そうですよ。ですから、やくざ者たちに追われたんだ」

源太郎は確信した。

「ならば、仙道宅へ行くぞ」

「はい」

源太郎は力強く答えた。木枯らしが吹きすさんでいるが、源太郎は少しも寒さを感じなかった。

五

源之助は比奈と共に仙道宅へと向かった。途中、

「先ほどの町方同心の方、お一人が父上と呼んでおられましたね」

比奈は言った。

「息子です」

源之助は苦い顔をした。その表情に比奈は気が付いたようだ。

「どうかされたのですか」

「いや、その、岩淵筋で殺しの探索を行っていることは内密のことなのだ。影御用と言ったらよいか……」

「影御用でございますか」

　比奈は驚いたようだ。

「ともかく、息子にも妻にも、奉行所の同僚たちにも内緒でやってまいりましたのでな。しかし、まさか、こんな所で倅や同僚と出くわすとは」

　源之助はさすがに驚きを禁じ得なかった。一体、源太郎と新之助は何をしにやって来たのだ。少なくとも、物見遊山ではない。お役目ということだろう。とすれば、一体、どんな役目なのだろうか。殺しの探索なのだろうか。二人は大狐の社の近くにいた。しかも、こんな夜更けにだ。ということは大狐の社を探ろうとしていたということだろう。

　殺しの探索か。

　自分ばかりか、源太郎と新之助にまで内命がくだされたということか。

　自分は信用されていないのかという気にもなった。

　ま、いい。本人たちに話を訊けばわかることだ。

　源之助は比奈と共に、仙道の診療所へとやって来た。裏口から中に入る。書斎の灯りがまだ灯っていた。比奈が襖越しに、

「兄上、ただ今戻りました」

と、挨拶を送った。すぐに襖が開いた。仙道は源之助を見ても驚きはしなかった。

「妹に付き合ってくださり、感謝申し上げます」

仙道は丁寧に礼を申し述べると源之助を書斎の中に招き入れた。比奈が茶を淹《い》れると言って出て行った。

「比奈殿、大した女傑《じょけつ》ですな」

「お転婆《てんば》で困ったものです」

仙道は苦笑を漏らした。

「兄上が濡《ぬ》れ衣《ぎぬ》をかけられそうだからと、怪しいのは大狐の社に違いないということで、わたしが断れば、比奈殿お一人で行かれたことでしょう」

「そういう女です」

「いささか、危ないと存じますが」

「わたしが止めても聞くような女ではございません」

仙道は困ったとは言いながらもうれしそうだった。やがて、比奈は湯呑と急須《きゅうす》を持って来た。

「ともかく、比奈殿のお蔭で大狐の社が実に怪しげであることはよくわかりました」

源之助が言った時、

「夜分、畏れいります」

という源太郎の声がした。仙道はおやっという顔になったが、比奈はただ今まいりますと裏口へと向かった。源之助は息子の源太郎と新之助のことを話した。仙道は納得顔となった。

やがて、源太郎と新之助が書斎にやって来た。二人は丁寧に頭を下げる。仙道は鷹《おう》揚《よう》にうなずいた。源之助が仙道を紹介し、源太郎と新之助は各々《おのおの》素性を名乗った。

「ところで、そなたら、どうして岩淵筋にやって来たのだ」

「それはこちらが聞きたいところです」

源太郎が問い返すと新之助は源太郎を戒めるように制してから、

「大名屋敷専門に忍び入る盗人、鎌鼬の義助なる盗人を捕縛しました」

「でかした」

源之助が賞賛の言葉を発すると新之助はうれしそうな顔をせずにそれから飛鳥山に足を伸ばすに至った経緯を説明した。

「なるほど、そういうことであったのか」

源之助は社の床下に潜んで競り市が行われていたことを語った。

「では、盗品の斡旋所と言うより競り市ですね」

源太郎が興奮で声を上ずらせた。新之助も自分の探索が裏付けられたことに満足しているようであった。

「それで、蔵間殿はどうして」

改めて新之助に問いかけられた。

「実は、王子村では表沙汰にできない殺しが起きているのだ」

ここまで言っただけで、新之助も源太郎も納得顔となった。

「それで、あの社に目をつけたのは比奈殿なのだ」

源之助の言葉に源太郎も新之助も驚きの顔で比奈を見直した。比奈は頬を赤らめ、

「蔵間さまが一緒に行ってくださいましたから、心強かったのです」

「それにしても、盗品の取引が行われておるとは」

新之助が嘆かわしいと言った。ここで源之助は社で見かけた大狐さまと呼ばれていた男のことが思い出される。

「ところで、境内で妙な男を見かけた。狐面をかぶって優雅に舞を舞っておった。大狐さまと呼ばれてな」

源之助の言葉に、比奈は色めき立った。

「大狐さま……。そやつが下手人なのではございませぬか」

「娘殺しの下手人だということですか」

源太郎が思わずといったように口を挟んだ。

「大狐の仕業に決まっています」

比奈は主張した。

「さて、そう決めつけていいものか」

仙道は妹を戒めたが、比奈は尚も大狐の仕業に違いないと主張してやまない。源太郎も新之助も表情が一変していた。

「どのみち、きちんとした取り調べをすべきと存じます」

新之助が言った。源太郎も大きく首肯した。

「明日、青野さまに訴えかけよう」

源之助が言うと、何故か仙道は危ぶむように眉間に皺を刻んだ。

「いかがされた」

源之助の問いかけに、

「あの社、寺社奉行大杉安芸守さまが近々のうちに神社にする予定とか。よって、迂《う》闊《かつ》に手出しはできないと及び腰になるは必定《ひつじょう》。おまけに、公方さまの御鷹狩が迫る中、青野さまの気持ちに大狐の社をどうにかするなどという余裕はまずござらんであろう」

仙道はいかにも医者らしい落ち着いた物言いを崩さない。

「しかし、それで遠慮しておっていいものでしょうか」

比奈は言う。

「おかしいですね」

源太郎が疑問を口に出した。新之助も同じ思いのようで目をぱちぱちとしばたたく。

「おかしいとは」

源之助が訊いた。

「大杉安芸守さまの御屋敷からは家宝の掛け軸が盗まれました。その掛け軸を取り戻すべく並河さまは必死です。ところが、その掛け軸が大杉さまが管轄なさる社で競売にかけられるとなると、まこと、奇妙なものです」

「確かにな」

源之助もうなずく。

「何か、これにはからくりがあるような気がします」

新之助が言った。

「いかにも、ありそうだ。これはひょっとして、想像以上に根深い秘密があるかもしれんぞ」

源之助も同じ思いだ。

「それは一体、なんでしょうか」

比奈も大いに興味を引かれたようだ。

「わかりませんが、これはかなり大きな秘密のような気がします」

源太郎は言った。

「恐ろしいこと、そのことと、娘殺しに関係があるのでしょうか。それと、兄上を娘殺しの罪で下手人として陥れようとしているのではございませんか」

比奈の顔が恐怖に引き攣る。

「そうだとすると、断じて許せん」

源太郎は憤りを示した。

「いかがしましょう」

比奈は源之助を見た。

「まずは、仙道殿の身の潔白を明かすこと、それには大狐の正体を暴き立てねばならん」

「やります」

比奈は決意を漲《みなぎ》らせた。

第四章　失われた掛け軸

一

　源之助は庄屋木左衛門の屋敷に戻った。小上がりになった板敷の囲炉裏端《いろりばた》に腰を下ろす。木左衛門は、

「夜、遅くまで大変でございますな」

　と、薪《まき》をくべて火を盛んにしてくれた。立ち昇る炎を見ていると何処か懐かしさを感じた。両手をかざして暖を取る。寒さ厳しき折、火は何よりもご馳走だ。凍えた身体が温まったところで、

「娘殺しの下手人を挙げるまでは、多少の無理をせねばならん」

「下手人は……」

木左衛門は口をつぐんだが、その先は言われなくともわかった。仙道道順を捕縛すればいいではないかと言いたいのだろう。木左衛門はここで、

「ところで、つい先ほどですが、大狐の社で騒ぎがあったとか」

「大狐の社な」

源之助は惚けて見せた。

「お近づきにならない方がいいですよ。あそこは、近々のうちに寺社奉行大杉さまが、神社にお認めになるのです。それまでは、触らぬ神に祟りなしです」

木左衛門は大まじめだ。木左衛門も大狐の社で何が行われているのか知っているだろう。知っていて、そんなことを言っているに違いない。ここは、惚けている化けの皮を剝いでやろう。

「大狐の社……。奇妙な噂を聞いた。あそこで博打が行われているとな」

わざと博打と言い立てる。

「博打などとんでもない。それこそ、根も葉もない噂と申すものでございます」

木左衛門は目を剝いて、博打なんぞ絶対に行われていないと強く否定した。

「根も葉もないか……、ならば、もう一つこれもそうかな。大狐の社には、それこそ大狐さまなるお方がおられる……」

「大狐の社は大狐さまをお祀《まつ》り致すところでございます」

「いや、祀る神さまのことではない。人だ。大狐さまと呼ばれておるお方がおられるのだろう」

「そ、それは……。ま、そのように呼ばれておられるお方は……おられます」

　木左衛門は渋々認めた。

「何者なのだ」

「素性確かなお方でございます」

「どのような……」

「わたしは詳しくは存じません。鳥見役組頭青野さまからは、高貴なお血筋のお方であるとだけ聞かされております」

「一体、何者であるかのう」

　源之助は木左衛門から視線をそらしながらも、横目でそっと表情を読んだ。木左衛門は困ったように目をしばたたかせ、明らかに落ち着きを失っている。尚も大狐について突っ込んだ問いかけをしようとしたところで、引き戸が叩かれた。木左衛門はこれ幸いとばかりに、ちょっと失礼しますと腰を上げ、土間を横切ると引き戸の心張《しんば》り棒《ぼう》を外した。

戸が開き、大狐の社にいたやくざ者がどやどやと入って来た。

「庄屋さん、さっき、社に足を踏み入れた怪しげな男を探しているんですがね、ここらに現れませんでしたか」

ちらっと源之助を見る。やくざ者はおやっという顔をしたが、

「こちらは、北町奉行所の蔵間さまですよ」

木左衛門が答えるとやくざ者は、

「これはこれは、八丁堀の旦那ですか。それは、ご苦労さまですが、八丁堀の旦那がどうして岩淵筋におられるんで」

「ちょっとした、御用だ」

源之助は詮索無用《せんさくむよう》とばかりに素っ気なく返す。木左衛門が、

「青野さまのご要請で殺しの探索にやってこられたのですよ。しばらく、ご逗留になります」

やくざ者は軽く頭を下げると八丁堀同心との関わりを避けるように、そそくさと出て行った。木左衛門は引き戸に心張り棒を掛けて戻って来た。

源之助は小さくあくびを漏らし、

「明日、青野さまの所へ行ってくる」

「では、今夜はそろそろお休みになられた方がよろしゅうございますな」

木左衛門も休みますと言った。


明くる二十六日の朝、源之助は鳥見役屋敷を訪ねた。母屋の居間で青野は忙しげに配下の者たちに指示を与えていたが、源之助を見るとちょっと待てと言って、隣室に導いた。

「青野さまの言いつけに反しましたが、大狐の社を探りました」

源之助は昨晩のことを語った。但し、比奈と一緒だったことは伏せておいた。青野の顔が見る見る険しくなってゆく。たぷついた顎の肉が小刻みに震えた。

「夜中、潜入しましたところ、本殿で盗品の競り市が行われていたのです。やくざ者たちの仕切りによってです。これは由々《ゆゆ》しきこと、直ちに手入れの必要があると存じます」

ここは譲れないとばかりに強く言い張った。

「それは……そうじゃが、何分にも寺社奉行大杉安芸守さまの御許可を得なくてはな。勝手な手入れなどできぬ。なにせ、大杉さまが近々のうちに神社に認可されるのじゃ」

「では、すみやかに、お許しを得てください。そうだ、すぐに書状を書いてくだされ。拙者がこの足で届けにまいります」

源之助がせっつくと、

「いや、それなら、わしが使いを立てる。そなたは、引き続き娘殺しの探索を行ってくれ」

将軍鷹場岩淵筋を預かる鳥見役組頭に逆らうわけにはいかないが、

「娘殺しの下手人とは決められませんが、大狐の社に怪しい男がおります。その者、大狐さまと呼ばれておりました。青野さま、ご存じございませんか」

青野の眉間に皺が刻まれた。

「わしは知らぬのう」

「娘殺しの下手人であるかどうかはともかく、その者が盗品の競り市を催しておるのではないでしょうか」

「そうかもしれぬが……。調べてみぬことにはなんとも言えぬ」

青野は曖昧に言葉を濁した。源之助が立ち去ろうとしないので早く去れというような目を向けてくる。源之助は素知らぬ顔で居座った。実際に、青野が大杉へ使者を立てるのを自分の目で確かめるつもりである。

「大杉さまへの使いは立てておく」

青野は源之助の心中を読み取っていらついたように言った。やむをえず、源之助が腰を浮かしたところで、

「失礼致します」

庭先から新之助の声が聞こえた。雪見障子越しに庭先で新之助と源太郎が控えていた。二人に視線を向けた青野は訝《いぶか》しんでいる。

「北町の同心どもです」

源之助が二人の素性を告げた。青野は雪見障子を開けた。源太郎と新之助が改めて名乗る。源太郎の名乗りを聞き、

「蔵間……」

青野がちらっと源之助を見たため、源之助は倅だと言い添えた。青野の許可で二人は座敷へと上がった。源太郎が、盗み出された大杉家の家宝を追って岩淵筋までやって来たことを説明した。

「ご苦労なことだな」

青野が得心が行ったように軽くうなずく。顎の肉で首が見えなくなった。

「蔵間殿がお話しされたと存じますが、大狐の社では盗品の競りが行われております。

大杉さまの掛け軸もそこへ流れておるかもしれませぬ。つきましては、是非とも大狐の社の手入れをしたいと思っております」

新之助が両目を大きく見開き、やる気を示した。

「そのことじゃが、今も蔵間にも申したのであるが、あそこは寺社奉行大杉安芸守さまが管轄なさっておられる。我ら、勝手に踏み込むことはできん」

青野の言葉を源之助が引き取って、

「それで、青野さまは早速大杉さまへの書状をしたため、使いを出してくださるそうじゃ」

「かたじけない」

新之助が頭をさげたところで、

「その使い、我らで行います」

源太郎が言った。

「それがよい。今、鳥見役屋敷のみなさんは公方さまの御鷹狩の準備で忙しいからな、お手を煩《わずら》わせることはない」

すかさず源之助が言い添える。青野は苦い顔をしたが、わかったと文机《ふづくえ》に向かいおもむろに書状をしたためる。新之助と源太郎は神妙な面持ちで青野が書状を書き終え

るのを待った。青野は出来上がった書状を渡し、

「これを、大杉さまの用人並河彪一郎殿に渡されよ」

「承知致しました」

新之助が両手で受け取り、

「申しましたように、大杉さまの掛け軸もあの社にあるかもしれぬのですから、すぐにでも手入れをせねばなりません。ひょっとしたら、既に競り落とされているかもしれませんが」

源太郎は危機感を募らせた。それを、

「たとえ競り落とされたとしても、あそこに出入りしている者たちの素性を確かめ捕縛して口を割らせれば、掛け軸の行方はわかろうというものだ」

新之助が補う。

「まさしくじゃ」

源之助も強く肯定した。

「では、早速。今から急げば、今夜中には手入れができると存じます」

源太郎が勇み立つ。新之助もそうだと言い、二人はいそいそと鳥見役屋敷をあとにした。

「頼もしき、ご子息じゃな」

青野が言った。

「まだまだでござる。息子のことはともかく、わたしは大狐こそが、娘たちを殺した下手人ではないかと思っております」

「それは、お主自身も申したが、早計ではないか」

「早計かもしれません。ですが、早計ということで申すなら、仙道を下手人とすることも早計というものではございますまいか」

「わしは、仙道が下手人とは申しておらぬ。ただ、村人の中には仙道を怪しいと思っておる者が少なくないということだ」

青野は逃げ腰となる。

「わたしは、仙道を含む村人が下手人でない以上、大狐の仕業と考えて間違いないと思います」

「そうまで確信を持つわけはなんじゃ。証《あかし》でもあるのか」

「証はございません。ございませんが、昨晩に見た大狐……、そう、常軌を逸した様相を呈《てい》しておりました」

答えてから、胸が騒いだ。

寺社奉行大杉安芸守盛定の異腹弟、盛次。盛定が嫡男とされてから生まれたために、正室の子にもかかわらず世継ぎにはなれなかった男。

盛次は大杉家を継ぐことができなかったことと、八歳で罹《かか》った疱瘡によって顔中に痘痕《あばた》が残ったことを気にして鬱屈《うっくつ》した日々を送っていた。次第に正気を失い、女中たちを惨《むご》たらしく斬殺するようになった。鼻や耳を削いだり、目を潰したりしたそうだ。そして、能に耽溺《たんでき》した。能面が醜悪な面相を隠してくれることがその理由らしい。

もっとも、噂話にしか過ぎない。

しかし、岩淵筋で殺された娘たちも目を潰されたり、耳や鼻を削がれていた。殺し方といい、能をしていたことといい、大狐の正体は大杉盛次なのではないか。庄屋の木左衛門が言っていた高貴な血筋のお方とは、譜代名門大名の一族ということではないのか。

「正気を失ってのう……」

青野の呟きで我に返った。

「今回、下手人が娘たちにしたことはまさしくそれでございます。目を潰し、耳や鼻を削ぐなど正気の沙汰ではござらん。そもそも、人を殺めること自体がまともとは言えませんが、今回の殺しは桁《けた》が違うと存じます。そのような桁違いの心の闇を秘めた者がこの岩淵筋に住んでおったのでしょうか」

源之助は青野に視線を預けた。

「確かに下手人は常軌を逸しておる。だが、それが即大狐とは、いささか強引な考えと思うがのう」

「もう一度申します。仙道道順は医師、医師は人の命を奪うに非ず、救う者。そして、仙道道順は優れた医師、決して心の均衡《きんこう》を崩してなどはおりませぬ」

「確かにそうだが……。それでも、どうものう……」

青野は奥歯に物が挟まったような物言いとなった。源之助は厳しい目で青野の仙道への不信の理由を問うた。青野は意を決したように言った。

「あの者、謀反《むほん》を企《くわだ》ておる」

二

「なんと」

意外な言葉に源之助は言葉を呑み込んだ。仙道が謀反、どういうことだ。

「謀反とは穏やかではございませぬな」

「謀反とは言葉が過ぎるかもしれぬが、仙道は先頃改易となった大名家の典医であった。そのことから、上さまの御鷹狩の機会をとらえ、それを訴えるつもりのようじゃ」

青野は言った。

「まこと、仙道がそんな企てをしておるのですか」

「わが配下の者が探った結果じゃ」

青野はさらりと言ってのけた。まことなのだろうか。俄《にわ》かには信じられない。

「まさか、今更、御家の再興を上さまに訴えるというのですか」

「いかにも」

「そこまでわかっているのなら、捕縛なさればよろしかろう」

「実際に上さまへの訴えはまだなされておらぬ。いくらなんでも今の段階で捕えるわけにはいかぬ」

青野は首を横に振った。

「ひょっとして青野さま、仙道に殺しの濡れ衣を着せて、その名目で捕えるおつもりなのではございませぬか」

「そんなことは考えておらぬ」

青野は強く首を横に振った。それから強い目で、

「ともかく、仙道の動きをしかと見定めよ。でないと、大変なことをしでかすかもしれぬ。上さまに訴状を届けるだけではすまぬかもしれぬぞ」

青野の考えに賛同はできないが、仙道に訴えの件は確かめてみなければならない。

源之助は鳥見役屋敷を辞去するや、その足で仙道の診療所へやって来た。相変わらず大勢の村人が仙道の診療を待っている。比奈に促され奥の書斎で待つことにした。

「青野さま、大狐の社のことをなんと申されましたか。手入れをすることになったのですか」

比奈に訊かれ、

「手入れは行います。但し、寺社奉行大杉安芸守さまの御許可を仰がねばならぬと、書状をしたためられた。その書状を持って新之助と源太郎が大杉さまの御屋敷に向かったところです」

「それはようございました」

比奈はほっとしたようだ。比奈に青野が仙道に疑念を抱いていることを話そうか躊《ため》躇《ら》った。だが、比奈の気性を考えれば、隠し事はできないと判断した。

「青野さまは、兄上を疑っておられる。娘たちの殺しではない。兄上が公方さまに訴えを起こそうとしておるとか」

源太郎の問いかけを比奈は正面から受け止めた。

「公方さまへの訴え、確かに兄上はなさいます」

あっさりと比奈が認めたことに驚いた。

「まことであったのですか」

「兄上のことをお咎《とが》めになりますか」

比奈にきつい目で返されたところへ、仙道が入って来た。比奈は患者さんの対応をすると言って書斎から出て行った。源之助は仙道に向き直り、まずは青野が大狐の社を手入れすべく大杉へ使いを立てたことを語り、続いて、

「ところで、仙道先生、公方さま御鷹狩の際に訴えをなさるおつもりとか」

「そのつもりです」

仙道は静かに答えた。

「御家再興を願い出るのですか」

「違います」

仙道は首を横に振る。するとどういうことなのであろうか。天下の征夷大将軍《せいいたいしょうぐん》に

何を訴えるというのだ。源之助の疑問に仙道はあっさりと答えてくれた。

「岩淵筋の村人たちの窮状を訴えるつもりでござる」

仙道によると王子村を中心とした岩淵筋は将軍の鷹場ということで、百姓たちに対する締めつけが厳しい。年貢の取り立ては元より、道や橋の修繕や手入れの負担が大きい一方、自宅の修繕は勝手には行えず、鳥見役の認可が必要である。天領の他の郡や村に比べ暮らしは厳しい。おまけに、大狐さまなどという得体の知れない者が現れた。これでは、百姓は安寧《あんねい》に暮らせない。そのことを書状にしたためて将軍徳川家斉に駕籠訴《かごそ》に及ぶという。

「駕籠訴は御法度《ごはっと》。ましてや、将軍家に訴えるなどその場で斬られますぞ」

「それは覚悟の上でござる」

その言葉通り、仙道は緊張の表情を浮かべた。

「それでは、この村から医師がいなくなってしまうではござらぬか」

「それは心配には及びませぬ。わたしの替わりは来ましょう」

「先生は名医と聞き及んでおります。代わりの医者など容易には見つかりますまい。それに、訴状を公方さまが目を通すこともないでしょう。それでは犬死と申すもの」

「それは承知の上。たとえ、我が身が 屍《しかばね》 となろうと、訴えを起こすことが大事なのです。訴えを起こすことで、村民の暮らしぶり改善の出発となるのです」

「先生がそのようなことをせずとも、まずは、岩淵筋を管理されておられる鳥見役組頭青野茂一郎さまに村人の窮状を訴えればよいではござらぬか」

「それは何度もしました」

仙道の声は低くくぐもった。

「それで……、青野さまはなんと……」

「お聞き届けることはなかった。みな、訴え状を後刻見ておくとしか申されず、後日訪ねても一向に動いてはくれず、です」

いかにも青野らしい。のらりくらりとかわされたようだ。青野に訴えても無駄と思い、自ら決起しようとしたに違いない。

「蔵間殿、わたしを捕縛なさいますか」

「いいえ、そのつもりはござらん。ただ、留まることを願うまででござる」

「ご忠告、痛み入る。ですが、わたしの決意は変わりませぬ」

仙道の目を見れば微塵の揺らぎもないことは明らかだ。

「もし、大狐の社が手入れされて、破却されたらなんとしますか」

源之助は大杉に手入れを懇願させるべく源太郎と新之助が向かったことをもう一度

伝えた。仙道はそのことには、感謝を示したが、

「問題の根底は岩淵筋の治世にあります。大狐の社の悪党どもを一掃したところで、治世そのものを改めねば、村人の暮らしぶりは決してよくはなりませぬ」

「どうやら、決意は固いようですな」

源之助はため息混じりとなった。

「蔵間殿が思い悩むことではござらぬ。あくまで、わたしの考えで行うことです」

仙道は源之助のことを慮《おもんぱか》ってか、にこやかな笑みを浮かべた。

「では、これで」

仙道は診療の続きを行うと書斎から出て行った。このまま見過ごしにしていいものか。駕籠訴に及べば、仙道の命はないだろう。それをわかっていながら見殺しにするしかないのか。同時に幕臣の末端に属する者として将軍に駕籠訴しようとする者を野放しにしてよいものか。

そんな相反する気持ちの板挟みとなった。どうすればいいのだ。源之助は苦しい胸の内のまま書斎を抜けると診療所を出た。比奈が追いかけてきた。

「兄を捕縛なさいますか」

「いや、その気持ちはござらん。それよりも、比奈殿、先生を止めるわけにはまいり

ませぬか。先生が駕籠訴に及べば、この診療所も無事ではすまぬ。比奈殿とても、連座ということになるのですぞ」

「わたくしの身はどうなってもかまいませぬ。村の方々に禍《わざわい》が及ぶようなことがないよう兄とても考えておるはずです」

比奈の表情は複雑である。兄を思う気持ちと兄を止めることはできないという現実を思い悩んでいるようだ。

「ともかく、わたしは仙道先生の無事を祈るばかりだ」

「ありがとうございます」

比奈の睫毛《まつげ》が微風に揺れた。源之助は無力感で胸が一杯になった。

居たたまれない気持ちで庄屋の木左衛門を訪ねた。木左衛門は庭で村人たちと語っていたが源之助に気が付くと、こちらに歩いて来た。

「大狐の社を手入れするため、大杉さまに青野さまが使いを立てた」

「そうなのですか」

木左衛門は驚いたようだがすぐにそれはようございましたと付け加えた。

「ところで、村人の暮らし向きはどうなのだ」

「それはもう、みな、しっかりとした暮らしを立てられております」

庄屋の木左衛門としては村が平穏で村人に不平などはないことを強調せねばならないのだろう。

「どうして、そのようなことをお訊きになるのですか」

「いや、御鷹場というのは、何せ公方さまの直轄なのでな、どのような暮らしぶりなのか多少は気になったところなのだ」

「それはもう、みな誇らしげでございます。公方さま直轄など、まさしくこれ以上の領民がおりましょうか。ですから、われらの暮らしをお守りください」

木左衛門は源之助に訴えかけてきた。

「まずは、大狐の社をなんとかせねばならぬ」

源之助の言葉に木左衛門は頭を下げた。

「さて、御鷹狩まではもうすぐだな」

「公方さまに心から楽しんでいただけるよう、道や橋の普請は手抜かりなく行いました。今の時節、鶴をはじめ鷹が狙う獲物にも事欠きませぬ。蔵間さまも御鷹狩をとくとご覧なされ。その勇壮なる様を」

いかにも木左衛門は誇らしげであった。

「それは楽しみですな。それまでに、大狐をなんとかせねば」

言いつつも仙道のことが頭を離れない。

「いかがされました」

木左衛門が訝しんだ。

「いや、なに」

源之助は曖昧にごまかした。

三

昼九つ（正午）、源太郎と新之助は大杉屋敷へとやって来た。門番に素性と用件を告げ、用人並河彪一郎への取り次ぎを頼んだ。程なくして屋敷内に入れられ、御殿の玄関脇に設けられた使者の間に通された。すぐに並河がやって来た。その目は期待で輝いている。

新之助が岩淵筋での探索を話し、大狐の社が怪しいこと、そこにいる大狐さまと呼ばれる男が娘たちの殺しにも関与している可能性があることを話した上で、青野がしたためた書状を見せた。

「どうか、大狐の社の手入れをお願い申し上げます」

新之助が言うと源太郎も頭を下げた。

「大狐の社、なるほど、盗品の競りを行っておるのか」

「大杉さまご所有の掛け軸もそこにある可能性があります」

「ううむ」

並河は思案を始めた。

「青野さまが申されるには、大狐の社は大杉さまが管轄なさっておられるからには、大杉さまの御差配で手入れをせねばということです。公方さまの御鷹狩が迫る中、そのような怪しげな者どもをはびこらせていいはずがございません」

「むろんじゃ」

並河も勇み立つ。次いで、

「しばし、待て。殿にこのことを伝え、直ちに捕物部隊を編制する」

実に頼もしい言葉をくれた。

「お待ち致しております」

新之助が挨拶をし、並河が部屋から出て行くのを待つことにした。

「これで、一網打尽《いちもうだじん》ですね」

源太郎が意気込む。

「腕が鳴るな」

新之助は武者震《むしゃぶる》いをして見せた。しばらくして並河が戻って来た。今度は新之助と源太郎が満面の期待をその目に込めた。

「直ちに、捕方を編成する。わしが、指揮を執《と》り、町方にもお手助けを頂くこととなる。殿より、北の御奉行に捕物出役《しゅつやく》への要請をする」

「では、ご一緒に王子村へまいりましょう」

「そうじゃな、お主らもご苦労であるが一緒に来てくれるな」

「もちろんです」

源太郎と新之助は声を揃えた。並河は二人の労苦をいたわりながら、暮れ六つ（六時）に大狐の社で待ち合わせることを告げた。

「承知致しました」

新之助が挨拶をして、源太郎も頭を下げた。

二人は大杉屋敷を出るとその足で北町奉行所へ出仕し、事の経緯を緒方に報告した。

「望むところだ」

緒方も目を輝かせた。

「町方の意地を見せましょう」

新之助が言うと源太郎も大いに勇み立った。


暮れ六つとなった。

大狐の社の鳥居前では並河が指揮を執り、新之助と源太郎以下、北町奉行所の中間《ちゅうげん》、小者が捕物出役である。みな、緊張に頬を強張《こわば》らせている。

並河は新之助と源太郎に向かってくれぐれも掛け軸を取り戻すことを厳命した。


源之助は鳥見役屋敷で捕方の到着を待つことにした。大杉から急使が到着し、暮れ六つに大狐の社の鳥居前に捕方が集結するという。

「捕物か、大騒ぎになったものだ」

青野はいかにも事を荒立てることが嫌なようだ。

「公方さまの御鷹狩の前に、大狐の社は一掃すべきと存じます」

「大杉さま、よくぞご承知くだされたものじゃ。なにせ、ご自分で神社の認可を出そうとしておられたのだからな」

「盗品の競り市が行われているとなりますと、神社認可どころではございますまい」

源之助の言葉に青野もうなずいたものの、どこか乗り気ではない。

「それよりも、殺しの下手人じゃ。蔵間、やはり、大狐の仕業と考えるか」

「きわめて怪しいと思います」

「どのみち、大狐の社を手入れすれば、大狐も捕えられることになるのじゃがな」

青野はそのことも気にかかるようだ。

「わたしも捕物に加わろうと存じます」

「それもよいが、それよりも、仙道を見張ってはくれぬか」

「未だに仙道のことを疑っておられるようですな」

「娘殺しかどうかは、半信半疑じゃ。それよりも、申したであろう。仙道については不穏な動きがあると」

青野は心底から仙道の駕籠訴のことを気にかけているに違いない。しかし、将軍の鷹狩は五日後である。鷹狩を前にして仙道が目立つ動きをするとは思えない。青野は神経質なのだろうか。どうしてそんなにも気にかかるのだろう。

「今晩辺り、また娘が殺されるような気がするのだ」

青野の声は暗く淀《よど》んだ。

「それはまたどうしてですか」

「そろそろ動き出すやもしれぬ。これはわしの勘じゃ。何か胸騒ぎがして仕方がないのじゃ」

「それで、わたしに仙道を見張れと」

「頼む」

青野が頭を下げた。

「わかりました」

答えながらも、仙道の無実を信じる源之助は仙道を見張るよりは、大狐の社で繰り広げられる捕物に興味がある。それに、あの大狐の正体を知りたいところだ。

源之助は承知したと答えながらも捕物が気にかかっていた。


捕物出役に身を構えていると、鳥見役屋敷から差し入れだと握り飯が届けられた。

源太郎も新之助も丁度、空腹を感じていただけにありがたい。まさしく、百人力を得た思いだ。握り飯をぱくつきながら、

「一人も逃がさずに一網打尽にしましょう」

源太郎が並河に声をかける。

「むろんだ」

並河も気合いを入れていた。

鳥居前の茂みに全員が身を隠した。やがて、狐の面を付けた男たちが境内に入って行った。篝火が焚かれ、境内は明るくなった。

「行くぞ」

並河が捕方に声をかける。

新之助と源太郎を先頭に捕方が境内に雪崩《なだ》れ込んだ。一路、本殿を目指す。一《ひと》塊《かたまり》となった集団が風のように境内を走り抜け、あっと言う間に本殿の階《きざはし》に集結した。騒がしい足音に観音開きの扉が開き、やくざ者が濡れ縁に出て来た。

「やべえ！」

やくざ者が大声で叫んだ。幾人かのやくざ者と競り市に参加していたであろう男たちが驚きの表情を浮かべながら本殿から出てきた。新之助と源太郎が構わず、本殿に十手を掲げて、

「御用だ！」

「神妙に致せ」

と、叫びながら入って行った。

続いて捕方全員が殺到した。たちまちにして阿鼻叫喚《あびきょうかん》の場と化した。逃げまどう、やくざ者や客たちを次々と十手で打ち据えてゆく。

並河は競り市にかけられた品々を血眼《ちまなこ》になって探していた。やくざ者は手負いの猪《しし》の如く向かってくるが、源太郎も新之助も難なく敵を倒していった。客たちは逃げまどったが、

「隅で控えておれ」

新之助に怒鳴られるとみな、怖気《おじけ》づいたのか神妙な面持ちで部屋の隅に固まった。やがて、次々とお縄にしていった。

そのうちに、

「あった」

並河の歓声が上がった。新之助も源太郎もそれを聞きながらもやくざ者の一網打尽に忙しかった。それでも、敵を捕縛し終わったところで、

「あった、あったぞ」

並河の言葉にようやくのことで聞く余裕ができた。並河は掛け軸を持って、小躍りしながらやって来た。

唐土の深山幽谷の冬景色を描いた水墨画だ。八代将軍徳川吉宗から下賜された雪舟作の名品に違いない。

「ようございました」

新之助の言葉に並河は顔中を笑みにして、掛け軸に貼られた値札を見せた。三千両と記してある。途方もない値がつけられたものだ。一日遅ければ、値をつけた者が持ち帰っていたところだ。

「引き立てよ」

新之助が捕方に命じる。お縄にされたやくざ者は五人である。客は十人。みな、大人しく縛《ばく》についた。

「いやあ、よかった」

並河が手にした掛け軸以外にも、盗品が没収される。

「かたじけない」

並河は盛んに新之助と源太郎を誉めそやした。

「ともかく、狙い通りでよかったです」

新之助が言ったところで、

「まだ、大狐が残っております」

源太郎が指摘をした。

「おお、そうであったな」

新之助も我に返った。二人は本殿から外に出た。篝火が焚かれているため、境内を探すに困りはしなかった。

四

すると、神楽殿前の能舞台に一人の男が立っていた。狐の面をつけ、白衣の小袖に真紅の袴という装いで優美に能を舞っている。源太郎が舞台の下まで走り込み、

「神妙にせよ」

と、叫んだ。

しかし、男は舞を止めることはしない。すぐに新之助も追い着いた。

「御用だ！」

新之助が十手を掲げる。男は動きを止めた。次いで、舞台から飛んだ。夜空に弧を描き源太郎と新之助の後方へと下り立った。二人は呆気《あっけ》に取られていたものの、すぐに男に向いた。しかし、男は闇の中を疾走して行く。

「待て！」

源太郎が叫んだ。しかし、それで待つものではない。男は速度を緩めるどころか、加速し鳥居を抜けて行った。

源之助はやはり、捕物が気にかかった。しかし、捕物に加わることは憚られ、そっと外から見守ることにした。どうやら、捕物が始まった。夜の静寂を破る叫び声やら、争いの声が交錯する。

思わず力が入り、身構えたところで、

「待て！」

というひときわ大きな叫び声が聞こえた。続いて闇から足音が近づいてくる、と思うと、真っ白な小袖に真紅の袴、狐面という男が鳥居から出て来た。

まさしく大狐である。

源之助は抜刀した。すると、大狐が脇差を抜くや、源之助めがけて投げつけてきた。源之助は咄嗟《とっさ》に身をかわす。すると、大狐はそこをさっと走り抜けた。追いかけようとしたところで源太郎と新之助が追い着いた。

二人は源之助を見て一瞬、立ち尽くしたがすぐに大狐を追って行った。

大狐の社では源太郎と新之助が捕えたやくざ者の尋問に当たっていた。本殿前の地べたに引き据えられたやくざ者たちのうち、首領格の男は幹二《かんじ》と名乗った。

「で、おまえたちは盗品の競りを行っていたのだな」

「ええ」

幹二はぶっきらぼうに答える。

「盗品の競りを行うに至った経緯を申せ」

新之助が迫る。幹二はしばらく黙り込んでいたが、やがて観念したとみえて語りだした。それによると、ある日、大狐と名乗る男から王子村の社で一商売しないかという誘いをかけられたという。

「何処で誘われたんだ」

「そらあ……」

幹二は曖昧に言葉を濁した。

「どうなんだ！」

新之助が大声を出したところで並河がやって来た。並河は何故か顔を曇らせている。

幹二の目はちらっと並河を見た。並河はそっぽを向く。幹二は開き直ったように、

「寺社奉行大杉安芸守さまの御屋敷ですよ」

「嘘を申すな！」

新之助が怒鳴り、源太郎は並河の顔を見た。並河は、

「言うに事欠いて何を言い出すのだ」

困惑したように顔を歪めた。

「そりゃねえや。あっしら、大杉さまの御屋敷で賭場を開いていたんですぜ。そこへ、狐面を被ったお方がやってていらして、面白い商売をしようと持ちかけられたんでさあ」

幹二の言葉に嘘は感じられない。

「どういうことでござる」

新之助は並河を見る。

「いや、それがしは」

並河は曖昧に言葉を濁した。新之助と源太郎は並河にちゃんと話を訊こうと、

「鳥見役屋敷でお待ち申す」

並河の耳元で囁いた。並河はこくりとうなずいた。

鳥見役屋敷へとやって来た。青野は捕物が無事終わったことを祝したものの、大狐を捕り逃がしたということで素直に賞賛を送ることができないようで、複雑な顔つきとなった。居間で並河を交え四人で話した。

痩せぎすの並河とでっぷり肥え太った青野が並んで座っていると、不謹慎ながら源太郎はおかしみを感じた。

「並河さま、盗品の競りにつきお話しください。幹二なるやくざ者が申しておったのはまことなのですか」

新之助が尋ねた。

「これには深いわけがある」

並河はまずは断りを入れた。この寒いのに、青野は額に汗を滲《にじ》ませ落ち着きを失っている。並河は苦渋の表情を浮かべながらおもむろに語りだした。

「実は、掛け軸はとうに失っておったのじゃ。盗まれたのではなく、骨董商に買い取らせた。殿が寺社奉行に昇進なさるに当たり、しかるべき筋へ贈り物をせねばならず、金子《きんす》の工面が必要じゃったのでな」

要するに寺社奉行就任に向け、幕閣や大奥に賂《まいない》を贈ったのだろう。その費用を捻《ねん》出《しゅつ》するために、掛け軸を売ったということだ。その甲斐《かい》あって盛定は寺社奉行に就任できた。

　しかし、その後将軍の鷹狩の御座所に掛け軸が掲げられることとなった。そこで、なんとしても掛け軸を用意せねばならない。まさか売ったとは言えず、大杉家では贋物を用意しようとしたのだった。贋物ながら、本物らしく見せる必要が生じた。掛け軸そのものは、本物と寸分違《すんぷんたが》わぬ贋作が用意できたが、贋物と見破られぬことが肝心である。

「そこで、近頃評判の大名屋敷ばかりに盗み入る鎌鼬の義助なる盗賊に盗まれたことにし、その上、盗品ばかりが売り買いされる市があるかのように装った。競りにおいて高額の値がつくことで本物であると証明しようとしたのじゃ」

　いかにも、苦肉の策であったようだ。大杉家にとっては、それくらい逼迫《ひっぱく》したものであった。

「盗品の競り市とは考えたものでござるな」

　青野は苦笑を漏らした。並河は苦い顔のままだ。それにしても、大胆というかなんというか。

「では、市というのも作り事だったのですか」

　源太郎が並河に問う。

「いかにも。あれで、誘い水を向けた次第」

「それに父はまんまと乗せられてしまったということか」

源太郎も苦い顔にならざるを得ない。

「ですから、あの社をいかにも秘密めいたものに見せるために人の出入りを禁じたのだ」

「では、狐面をつけた客もでございますか」

「そういうことじゃ」

あの者たちも芝居だったという。大杉屋敷で雇っている小者たちということだ。つくづくと、手の込んだことをしたものだ。そこまでして、掛け軸を本物らしく見せねばならなかったということだろう。

「よって、ここは、なんとか目を瞑《つむ》ってもらいたい」

並河はあくまで、人を殺めたり、たばかったわけではない、これは御家の大事を救うための手立てであったことを強調した。

「それでも」

それですませればいいものなのか。源太郎は大いに疑問に思った。大狐の社の存在が王子村の村人たちに少なからず、恐怖を与えていたことは事実なのだ。それに、将軍の御座所を造営にやって来た大工の一人が命を落としている。事故か殺されたのかは不明だが、幹二たちを取り調べる必要はある。

「では、大狐とは何者なのですか」

源太郎は訊いた。

「あれは、その、殿の血縁のお方でな。事情があって当家で預かっておる」

「何故、狐の面を被っておられるのですか」

「それは大狐の社というものにより神秘性を持たせるためであるし、また、顔をな」

並河は言った。どうやら、顔に傷を負っているということだ。いかにも大名の血筋であれば、あの優雅な所作もわかるというものだが、源之助が娘殺しの下手人と睨んでいることを考え合わせると、放ってはおけない。

「今、村で起きている娘殺し」

源太郎はここで言葉を止めた。

「あれは、仙道とか申す医者の仕業ではないのか」

並河は青野に問いかけた。青野が答える前に、

「決まったわけではございません」

源太郎は言った。

「というと……」

青野に続き何故か並河までも動揺し始めた。

「少なくとも、わが父は仙道殿とは思っておりません。下手人はずばり、大狐と思っております」

「おい、それは、蔵間の独断であろう」

すかさず青野が横から口を挟んだ。

「ですが、わたしは、父の見立てを信じます」

「親子だからな」

青野の言葉は皮肉たっぷりだ。

「そうではありません」

源太郎は思わず声を大きくした。新之助も、

「蔵間殿は、北町きっての腕利き。決していい加減な考えで御用をすることはありません」

「ほう、わたしは、これは、そなたらの前で申すのはなんだが、蔵間は定町廻りや筆頭同心を外された男と聞いているぞ。そんな閑職ゆえに通常の役目から外されて、岩淵筋にやって来たのだと」

青野は薄笑いを浮かべた。源太郎はたちまちにしていきり立つ。

「父を馬鹿になさるか」

「蔵間源之助は北町きっての凄腕、それゆえ、並河殿も極秘に娘殺しの探索を依頼されたのではござらんか」

「いかがですか、並河さま」

新之助が強い目で並河を見る。並河は視線を泳がせた。それから青野を見る。

新之助はここは引けないとばかりに言い立てる。

「それは……。いかにもその通りだ。わしは、蔵間源之助こそが、この娘殺しを落着に導けるものだと思っておった」

並河は言った。

「でしたら、引き続き蔵間殿に任せるのが筋、その蔵間殿は仙道を下手人とはみなしていないのです。でしたら、ここは、仙道に絞るべきでないと存じます」

新之助の言葉に青野が苦い顔をした。そこへ、

「失礼します」

何か、殺気立った声が聞こえた。みなの顔に緊張が走った。

第五章　大狐逃亡

一

「殺しじゃと」

青野が叫び声を上げた。それは、またしても被害者が出たという悲嘆と共に、源太郎に厳しい視線を向けているということは、父源之助への怒りをぶつけているかのようである。小者が言うには装束榎の下に娘の亡骸が横たえられているとのことだった。

「行くぞ！」

新之助が決然と立ち上がる。源太郎も次の瞬間には腰を上げていた。

「娘は今度は何処《どこ》を傷つけられているのだ」

青野が問いかける。

「今度は首です。首が切られております」

小者の答えに新之助も源太郎も固まってしまった。

「首が！」

新之助が思わず叫んだ。

「首がなくなっているのか」

青野の問いかけに、

「すっぱりと切られ、現場からなくなっております」

小者は手刀を自分の首筋に当て、切る素振りを示した。今度は下手人はとうとう首ごと切ってしまったようだ。

「おのれ、仙道め」

青野は喚《わめ》き立てた。

「大狐の仕業に違いなし」

新之助が主張することは、あくまで仙道を下手人とする青野とは真っ向から対立した。

「蔵間はどうした」

並河が喚き立てる。源太郎はともかく、新之助と共に現場へと向かった。

二人は装束榎までやって来た。

娘が倒れている。確かに首がなかった。そばに源之助が立っていた。

「父上」

源太郎が駆け寄ると源之助は苦虫を嚙《か》み潰《つぶ》したような顔で小さく首を横に振った。

「間もなく、仙道殿がまいる」

源之助は言った。

「仙道殿が」

源太郎はどうして仙道がやって来るのかと思った。そのことを新之助が訊くと、源之助はこの着物は仙道の妹比奈が着ていた。ひょっとして、比奈ではないかと仙道を呼んだということである。

源太郎の顔色が変わったことに気付き源之助が、

「まさしく、比奈殿かもしれぬ。背丈や着物を見ると比奈殿に相違なし」

「仙道先生ならば、確かめられますね」

源太郎の問いかけに源之助は苦渋の顔となった。そこへ、仙道がやって来た。仙道は娘が倒れているのを見て源之助と顔を見合わせ、

「比奈の行方が知れませぬ」

亡骸の傍らに蹲《うずくま》り、着物の胸をはだけた。右の乳房に黒子《ほくろ》がある。

「比奈です」

と、悲痛に顔を歪ませた。

「なんと」

源太郎は絶句した。仙道は弱々しげに肩を震わせた。みな、声をかけられない。

「大狐め」

源太郎は拳を握りしめた。

並河と青野も駆けつけて来た。

「これで、娘殺しは大狐の仕業とおわかりいただけますね」

源太郎が青野に言った。青野は事態を把握できなくておろおろとしている。源之助から、殺されたのは仙道の妹比奈であると知らされた青野は唇を震わせ、

「今度は何故首を切ったのだろうな」

と、いささか場違いな疑問を呈した。源之助は思案をしつつ、

「お道は目、お里は耳、お隅は鼻、比奈殿は首全て、大狐は過激になっていますね」

「まったくだ」

並河が受ける。

「大狐を追わねばなりませぬぞ」

青野は我に返ったように並河に言った。それはあたかも、並河のせいであるかのようだ。

「並河さま、大狐の正体を教えてください。大杉安芸守さまのお血筋ということでしたが」

新之助が尋ねた。

大杉盛定の血筋ということはやはり盛次なのかと源之助は思った。並河は言葉を詰まらせていたが、

「殿の弟君であられる」

と、苦しげな声で言った。

「安芸守さまの弟君……、どうして」

青野がわけがわからないと頭を抱えた。

「ともかく、大狐を追いましょう」

新之助が言った。

「そ、そうじゃな」

青野も呆然となりながらも、直ちに村人を動員して大狐を追うことを約束した。

「このこと、どうか、ご内聞に」

並河はこの期《ご》に及んで懇願をした。ところが、さすがに青野は苦い顔で、

「そのようなことができようか」

「比奈を連れ帰ってよろしゅうござるか」

仙道がすっくと立ち上がった。これには青野とても反対はできない。仙道は比奈を背中に負うと闇に向かって歩き始めた。

「大狐を追え」

源之助は源太郎と新之助に命じて自らは仙道を追いかけた。

追い着くと、仙道の横を歩く。仙道は無言であった。とても声をかけられるものではない。大狐を取り逃がしてしまった責任感が込み上げる。なんとも重苦しい思いを胸に診療所へと着いた。

暗闇の中に診療所がぼうっと浮かび上がった。源之助が格子戸を開けて仙道が中に入る。診療所に上がって、板敷の真ん中にある畳に比奈の亡骸を横たえた。

源之助は改めて両手を合わせた。仙道はおもむろに、

「残念なことです」

「大狐を逃がしてしまい、こんなことに」

源之助も唇を嚙む。

「蔵間殿の責任ではございません。憎むべきは比奈を殺した下手人」

「それはそうでしょうが……」

源之助は言葉を繫ぐことはできない。それからふと、

「大狐の仕業としましたら、何故比奈殿を殺めたのでしょう」

「さて、わたしが、駕籠訴を起こそうとしていることに関わりがあるのかもしれませ
ん」

「大狐は、先生の企てを知っているということですか。すると、大狐は先生を狙って
いるということになりますな。そうなると益々わかりません。大狐は何故、先生の訴
えを邪魔立てせねばならぬのでしょう」

「そのことはともかく、わたしには大狐の仕業とは……」

仙道の目が彷徨《さまよ》った。

「大狐の仕業ではないとお考えなのですか」

「わたしには大狐の仕業とは思えません。比奈だけでなく、三人の娘たちを殺したの
も」

「どうしてそのようにお考えなのですか」

「いや、それは……」

仙道は言葉を濁した。仙道のことである。根拠なくして言っているのではないだろう。大狐が下手人ではないとしたら一体下手人は誰だ。そして、仙道は何故大狐の仕業ではないと考えているのか。

そのことを尋ねようとした時、奥の部屋から声が聞こえた。泊まり込みで治療を受けている者たちだ。初めて診療所を訪れた時に比奈が言っていた。老若男女問わず五人ばかりの患者がいると。

「どうして、大狐を下手人ではないと申されるのですか」

「今は申せませぬ」

仙道はきっぱりと言った。追及しても話してくれそうにない。後日改めて問うしかないだろう。

「御身《おんみ》、大切になされよ。駕籠訴もおやめになるがよろしい。それに、身を隠されるがよろしかろう」

「それはできぬ」

「先生のお志《こころざし》はわかります。しかし、比奈殿がこのような目に遭《あ》わされ、これまでにもこの診療所に関わった者たちが命を落としています。これ以上はあまりに危うい。無謀と申すもの」

「しかし、それでは、村人の暮らしは改善されぬ」

仙道は唇を噛んだ。

「いけませぬ、あまりに感情的になっていますぞ」

「いかにも、気持ちを強めております」

「それでいいのですか」

「わたしは、比奈が殺されたから尚のこと、わたしはここに留まり、訴えをせねばならないと思っております」

仙道の目は追い詰められたうさぎのように真っ赤だ。それくらいに深い決意をたたえているとも思えるし、妹をむざむざと殺されたことが決心に拍車《はくしゃ》をかけたようでもある。

「止め立てはできますまいな」

「下手人はきっと、わたしを狙っております。それを知りながら、おめおめと逃げることは死んだ者たちに申し訳ない」

仙道は続けた。

「わかりました。先生は大狐の仕業ではないとお考えのようですが、大狐が逃亡したのは事実。追いかけて話を聞くつもりです」

「それは、蔵間殿の勝手」

仙道は患者の様子を診るため奥の部屋へ向かった。源之助は診療所をあとにした。


木左衛門の家に寄った。

「ご苦労さまです。少し前、青野さまから大狐を探すよう要請されました」

「そうだな」

「今、大がかりな探索を行っております」

木左衛門は怯《おび》えている。

「まさか、大狐さまがそのようなひどいことをやってきたとは、とてものこと、わたしどもには理解できません」

木左衛門は頭を悩ました。

「考えなどないのだろう。目をそむけたくなるような所業ばかりをやりたがる。そうした人間はいるのだ」

「人とは申せませんな。まさしく、大狐でございます」

「まさしく、悪の大狐だな」

源之助も不快感で一杯になったが、大狐の仕業ではないと主張する仙道が思い出され、言いようのない不安が押し寄せてきた。

二

木左衛門の家で源之助はまんじりともしない夜を過ごした。すると、白々明《しらじらあ》けの頃、凄まじい早鐘《はやがね》の音が耳をつんざいた。

「た、大変でございます」

木左衛門が血相を変えて寝間に飛び込んで来た。

「火事のようだな」

言いながら源之助は蒲団から起きると、

「どこだ」

大刀を帯に差した。

「方向からしますと、仙道先生の診療所の方です」

木左衛門の言葉に源之助の胸の鼓動《こどう》が早鐘のように打ち鳴らされた。まさか、付け火ではなかろうか。こうしてはいられない。源之助は飛び出すや、一目散《いちもくさん》に診療所めがけて走りだす。紫がかった乳白色の空を炎が焦がしている。火柱は不謹慎ながら、妖しいまでの美しさを見せていた。

「仙道先生」

無事を願って走りだす。

不幸にも木左衛門の見立てが的中した。診療所は燃えていた。中に入ろうとしたが、火の粉が降ってくる。

「父上、お止めくだされ」

「蔵間殿、お止まりを」

源太郎と新之助に引きとめられ、多少の落ち着きを取り戻すことができた。火の回りは早く、診療所全体を炎が包み、最早焼け落ちるのを見届けるしかない。

「仙道先生！」

源之助は大きな声を上げた。

すると、村人たちが集まって来た。みな、怯えるようにして見つめている。源太郎がどうしたのだと訊くと、

「中に娘がおるのです」

一人が声を震わせ、他の者たちも自分の身内が診療所で寝ているのだと言い立てた。奥の部屋で寝ていた者たちだ。五人ばかりがいたはずだ。残念なことに、診療所と運命を共にしたことは明らかだ。

「なんとかしてくだせえ」

村人の悲痛な訴えを聞きながら何もできないことがもどかしい。

「よおし」

源太郎は井戸に走り寄ると、釣瓶《つるべ》に水を汲《く》み頭からかぶる。冷水で背筋がぞくっとしたが、気合いを入れ、診療所に向かって走りだした。しかし、手前まで来た時、猛烈な風圧を感じたと思うと、爆音が上がった。藁葺屋根が吹き飛び、火の粉が雨あられとなって降り注いでくる。

思わず、源太郎は気圧《けお》されるようにして後じさる。すかさず新之助が源太郎を羽交《はが》い絞《じ》めにした。

「もう、遅い。今更、飛び込んだところで、一人として助け出せぬぞ」

「いや、それは……」

源太郎もそのことは痛感した。力なく膝から崩れた。身内を失った者たちの慟哭《どうこく》が夜空を震わせた。

「おのれ！」

源太郎は何度も地べたを拳で叩く。

源之助も燃え落ちる診療所の前でなすすべもなく立ち尽くした。まだ、わからないがおそらくは仙道も診療所や患者たちと運命を共にしただろう。これで、将軍への駕籠訴もできなくなったわけだ。仙道はさぞや無念であったに違いない。

「付け火でしょうか」

新之助の問いかけに、

「おそらくは付け火であろう。仙道先生が火の不始末をするとは思えぬからな」

源之助は答えた。

「下手人は大狐ということになりましょうか」

源太郎が問うたところで、何人かの村人が燃え盛る診療所の方から大狐が走って来るのを見たと証言した。狐面を被り、白絹の小袖に真紅の袴という出で立ちだったそうだ。まさしく大狐であろう。

「これで決まりだな」

源之助は確信を持って首肯した。

「おのれ！」

源太郎は土を摑んで投げつける。木左衛門がやって来た。木左衛門も悲痛に顔を歪ませ、火事の診療所を見やる。そこへ、青野も加わった。

「大狐の仕業です」

源太郎が語りかけると青野は無言でうなずいた。

「これで、仙道先生の濡れ衣は晴れましたな」

源之助の言葉に青野も首を縦に振った。

「大狐の行方、わかりませぬか」

源之助の声は苛立《いらだ》ちで震えた。青野は首を横に振る。

「こうしてはいられません」

源太郎は走りだした。新之助も駆けだす。

「村は隈《くま》なく探しておる。やがて、見つかる。きっとな」

「見つかったらどうしますか」

「むろん、とらえる」

「とらえてどうします」

「大杉さまに引き渡すしかないだろう」

「つまり、もみ消すということですか」

「そんなことはない」

青野の視線がずれた。

「果たしてそうでしょうか」

源之助は厳しい眼差しを向ける。

「そなた、何が言いたい」

「よもやとは思いますが、万事、穏便《おんびん》にすますことのないようにお願い申し上げます。公方さま御鷹狩の前に、事を荒立てたくないのは重々わかりますが、それですまされることのないよう致されませ」

「蔵間、言葉が過ぎるぞ」

青野の目は引き攣った。

「ならば、大狐捕縛のこと、くれぐれもお願い申し上げます」

源之助は青野を強い眼差しで睨んだ。青野は受けて立つかのように首肯した。そこへ並河が駆けつけて来た。新之助が診療所が火事になったこと、大狐が逃亡していることを説明した。並河はおろおろとし、源之助にすがるような目を向けてくる。青野が源之助の視線を気にしてか、

「大狐の仕業と思われます。この上は、大狐を放置することはできませぬ。全力を挙

げて捕まえますが、よろしいな」

あたかも並河の責任であるかのような物言いをした。

「やむなし」

並河は唇を嚙む。

「大狐、大杉安芸守さまのご舎弟《しゃてい》と耳にしましたが、安芸守さまのご了解を得られなくてもよろしゅうございますか」

青野の物言いはねちっこくなり、あたかも、並河に責任を押し付けるがごとくである。並河は額に汗を滲ませた。

「盛次さま、あ、いや、大狐と呼ばれるお方だが、殿とは腹違いのご舎弟」

並河が語るところによれば、安芸守盛定は長男ではあったが、側室の子であった。正室に子がなかったために、いち早く嫡男とされた。しかし、その矢先に正室が懐妊し、生まれたのが盛次である。

「と申しましても、先代安芸守さまは御家騒動になることを恐れ、あくまで跡継ぎは盛定さまと決められ、替えることはなかった。家督をお継ぎになっても盛定さまにしましたら、正室の子たる盛次さまにはご遠慮があります。一方、盛次さまは政《まつりごと》には一切口出しも関心もお持ちではなく、ただ、心に病を抱えられ、能やら武芸やらにご興味を持たれ、悠々《ゆうゆう》と過ごしたいと申されておったのじゃが、次第に行いが常軌を逸してまいった」

盛次は無礼討ちと称して女中を斬り捨てるようになったという。その上、無残にも目を潰したり、耳や鼻を削いだりした。

噂話は本当だったようだと源之助は思った。それにしても、仙道は大狐の仕業ではないと考えていた。焼ける診療所から大狐が出て行くのを見た者がいることから、大狐が下手人と決まったも同然だ。すると、仙道の見込み違いだったということか。あの聡明な仙道が間違ったということか。

いかに優れた人間でも間違いは犯す。仙道も見誤ったということだろう。

「屋敷から外にお連れし、王子村にあるこの社に幽閉をしておったのです。そして、ある医者に治療を頼みました」

並河はここで言葉を区切った。源之助の胸が高鳴った。

「その医者とは……」

源之助が燃え盛る診療所に視線を向けた。

「いかにも、仙道道順じゃ。仙道はきわめて優秀な医者であるとは当家の耳にも入っておりましたし、なんとしましても、仙道は王子村、公方さま御鷹場である岩淵筋に住まいしておる。世間の目から隠しての盛次さまの治療には、まこと好都合であった」

並河はここでがっくりと肩を落とした。

そうか、大狐は仙道の患者だったのだ。仙道は大狐と接していて、娘殺しの下手人ではないと判断したのだろう。仙道が大狐を下手人でないと断定し、そうする理由を明かさなかったのは、患者の秘密を守るということであったのかもしれない。

ところが、仙道の判断は誤まっていた。誤まったが故に妹や患者を殺され、自らも診療所と運命を共にしてしまったのだ。

「それが、どうしてこのようなことになったのですか」

源之助は大狐への怒り、仙道の誤判断の歯がゆさを並河にぶつけてしまった。

「盛次さまは、仙道の治療を受けておったことは間違いない」

「しかし、ここ岩淵筋においても、盛次さまこと大狐は次々と娘を殺したではないのですか。御屋敷におられた頃と変わらぬ行状ですぞ。仙道先生の治療が功を奏していなかったということですか」

「いや、治療はうまくいっておるとのことじゃった」

盛次は社に幽閉されていた。座敷牢《ざしきろう》に閉じ込められていたのを仙道が訪問して治療に当たったそうだ。

治療は順調に進み、夜になら座敷牢を出ても問題ないだろうということになったという。仙道は治療がうまくいっていると思ったから、盛次こと大狐が娘殺しの下手人ではないと考えていたのだろう。

「しかし、娘たちが殺されているではありませんか」

たまりかねたように源太郎が怒りの声を上げた。

「あれには、驚いた。まさか、盛次さまの仕業か……。しかし、信じたくはなかった」

信じたくはなかったが、盛次の病気がぶりかえしたのかと思って並河は大狐の社に駆けつけた。

「ならば、その時に、盛次さまを捕縛するなり、なされればよかったではございませんか」

源太郎の怒りは増幅された。青野は横を向いて自分に火の粉がかからないようにしているかのようだ。

「それが、その必要はないと思われた」

「そんな馬鹿な、人を殺しているのですぞ、しかも、むごたらしく。相手が百姓の娘だからかまわないと思われたのですか」

「いや、そうではない……」

源太郎に責められ並河はしどろもどろになった。

「では、どうしてですか」

源太郎は迫る。

「拙者がお会いした時には実に穏やかであられたのだ」

「そう見えただけでしょう」

「いや、確かに穏やかになられた。とても、人を殺すようなお方ではないと思えたのだ」

たちまち源太郎は反発した。

三

「並河さま、いい加減なことを申されますな」

源太郎の顔は怒りで朱に染まっている。それを新之助が宥《なだ》める。源之助も源太郎に落ち着けと諭した。源太郎は自分の行き過ぎに、並河に頭を下げた。並河はしおれた

顔で、

「盛次さまは、まったくもってやり取りは普通にでき、仙道殿も非常によくなられたと太鼓判《たいこばん》を捺《お》してくれた。だから、夜に外に出るぐらいはいいと思った。但《ただ》し、境内の外へは出ない。ただ、お好きな能を楽しまれることはよかろうと思った」

「それが裏目に出たのではないのですか」

源之助が訊いた。

「いや、そうは思えなかった」

並河は首を横に振り、いかにも納得がいかないようだ。

「現に娘たちは殺されたではありませんか」

「そうだ。だから、そのことは盛次さまに確かめた」

自分の仕業ではないと盛次は否定したという。

「それを信じたのですか」

源之助はつい責め口調となった。

「信用した。現に、幹二たちに聞いたのだが、盛次さまは、娘たちが殺された夜、社から外には出ておられなかったということだった」

「信用できませんよ」

源太郎が口を尖らせ否定した。

「そうは言い切れぬ」

並河は苦しげだ。

「わかりました。並河さまは盛次さまが殺していないということを信じられた。しかし、このような状況に至って、今はどう思われるのですか。この期《ご》に及んでまだ盛次さまを信じられるのですか」

源之助は平静を保とうとしたが、声は微妙に震えた。

さすがに並河も盛次が逃亡し、比奈が殺され、仙道や診療所の者たちも無残に焼き殺された現実を突き付けられ盛次を信じたことを間違いと認めるように小さく首肯した。するとこれまで部外者面をして口を閉ざしていた青野が割り込んできた。

「拙者は、並河殿が盛次さまは一切、娘殺しとは関わりがないとおっしゃったゆえそれを信じておったのですぞ、それが……」

並河は苦しげな顔をするばかりだ。

源之助は青野に、

「青野さまは、最初から仙道先生が怪しいと踏んでおられましたな」

「いかにも、盛次さまでない以上、仙道としか思えなかったのだ」

「仙道をわたしに捕縛させようとしたのは、青野さまも薄々は盛次さまの仕業と思っておられたからではないのですか。つまり、仙道に娘殺しの罪を負わせるおつもりだったのではございませぬか」

源之助に痛いところを突かれ、青野は苦い顔をしてから気を取り直したように、

「とにかく、盛次さまを捕えなければならぬ」

誰に言うともなく呟いた。

「むろん、当家も人数を繰り出して探索に当たる」

それに答えるように並河は言った。

「盛次さまを捕縛したら、いかがされますか」

源之助が確かめる。

「当家にお引き渡しくだされ。むろん、然るべくお裁きを受けるように致します。決して、事態をうやむやにはしません」

並河は力強く言った。

「その言葉、信じますぞ」

源之助は念押しをした。

「ただ、一つお願いが。このこと、上さまの御鷹狩が終わるまで、伏せておいてくだ

され」

並河は懇願した。源太郎は露骨に嫌な顔をした。いかにも政の駆け引きのように思えたのだ。

「こんなことを申すのはなんでござるが、盛次さまが下手人だとはっきりした以上、この村には平穏が訪れたのです。上さまが御鷹狩をする上で、支障となっていたものは取り除かれたと考えてよろしい。それならば、御鷹狩が無事にすんでから、事態を明らかにし、わたしと当家を処罰されるがよろしいと存ずる」

並河は青野に判断を求めた。

「それは一理ありますな」

青野が賛同したのは、鳥見役組頭として将軍の鷹狩が中止などになっては、自分の責任を問われると思ってのことに違いない。あくまで、自分の保身優先である。

「青野殿も賛同してくださっておる。そなたらも、承知してくれ」

並河が頭を下げた。

源太郎も新之助も渋い顔だ。二人の視線を受け、源之助は黙り込んだ。青野が源之助に、

「ここは、並河殿の顔を立てようではないか」

「ともかく、盛次さまの行方を追うことが肝要でござる」

源之助は大杉家や並河の責任追及よりも目下の急務である盛次追跡に話題を変えた。

「いかにも蔵間殿のおっしゃる通り、して、今後はいかがしますか」

新之助が源之助に同調した。

「おまえたちは、幹二らを取り調べよ」

源之助が言うと、新之助も源太郎もそれに従った。

二人にはそう言ったものの、さて、自分はこれからどうすべきか。盛次こと大狐をこの手で捕まえたいところである。しかし、娘殺しの下手人を挙げる段階から捕縛する段階に至ったからには自分一人が追手に加わったところで、特別の戦力となることはない。しかし、これから八丁堀の組屋敷に帰るとなると、久恵にどう言い訳をしていいやら。何せ、日光に行ったことになっているのだ。あと、二日くらいは帰ることができない。

「わたしも、王子村にあって、引き続き探索を行いたいと存じます」

源之助は申し出た。

「それはかまわぬが」

青野は口では応じたがいかにも不満そうだ。

その日二十七日の昼下がり、新之助と源太郎は北町奉行所に戻り、筆頭同心緒方小五郎に王子村での探索と捕物について報告した。その際、盛次が王子村で行った娘殺しや仙道の診療所を焼いたことは黙っていた。緒方を一時的にせよ欺くことになるが、しかたがない。源之助のことも当然ながら黙っていた。緒方は上機嫌である。

「無事、掛け軸を取り戻せて何よりだ。それにしても、王子村でそのような盗品の競りが行われていたと見せかけるとは、大杉さまもずいぶんと手の込んだことをなさったものじゃな」

緒方は驚きと共に感心すらしていた。

「まったくです。そこまでして、掛け軸を守らねばならなかったとは」

新之助は言った。

「これで、上さまの御鷹狩は予定通り行うことができるというものだ」

緒方は満足した様子である。源太郎は新之助と共に幹二らの取り調べに当たった。

奉行所の仮牢から引き出し、吟味所《ぎんみしょ》にずらりと並ばせた。幹二たちは不服そうだ。すぐに、

「並河さまを呼んでくだせえよ」

と、声高に喚き立てた。源太郎が黙らせると口は閉じたものの不満そうに源太郎と新之助を睨んでいる。

「だってよお、おれたちは、賭場をやっていたんだ。そのことは認めますよ。でもね、王子村でのことは、あくまで並河さまに頼まれたんですぜ」

幹二は強い口調で主張した。その主張、わからなくはない。それどころか、それは事実なのだ。

「それに、大狐さまなんて、厄介なお方の面倒までみさせられて」

幹二は鼻を鳴らした。

「盛次さまのことだな」

すかさず源太郎が問いかける。幹二はうなずきながらも警戒心を呼び起こしたのか、ぶるっと肩をそびやかした。

「盛次さま、どのようなお方であった」

「そりゃあ……」

幹二は答え辛そうである。仲間を見回したがみなうつむいている。

「気が触れていなさったのか」

源太郎が訊く。

「まあ、その、なんでございますよ。藩邸におられた頃は、鬱憤《うっぷん》が溜まっておられたようで、色々と乱暴をなさったようなのですがね、王子村へ移られてからは、お心がだいぶん落ち着かれたのか、まあ、穏やかになられたようですよ」

幹二は仲間たちを見やる。仲間たちもそうだというように首を縦に振った。

「仙道という医者が治療に当たっておったということだな」

「ええ、そうですよ。お若いのに、腕のいいお医者だそうで」

「並河さまの話だと、治療はうまくいっておったとのこと。それなのに、盛次さまが王子村の娘たちを次々と殺めたというのはどういうことなのだろうな」

「それですよ。本当に、恐ろしいこって、あっしらもびっくりしてるんでさあ。ずいぶんと大人しくなられた盛次さまなのに、あんな恐ろしいことをなさるなんて、信じられませんや」

幹二が言ったところで、仲間の一人が小声で耳打ちをした。幹二は二度、三度と相《あい》槌《づち》を打った。

「おい、話があるのならちゃんと申せ」

源太郎が言うと幹二が、

「それが、やはり、あのお方は狐が化けたんじゃねえかって、あっしらの間では噂していたんでさあ」

と、首を捻った。

「どういうことだ」

源太郎と新之助は声を合わせた。

四

「確かに座敷牢においでになったのに、いつの間にか外に出られ、村を徘徊《はいかい》なさったんでしょう。娘たちを殺してらしたってことですよね」

もし、娘たちが殺されたのだとすると、盛次は一体どうやって境内を出て行ったのだと幹二たちの間では不思議がられたという。というのも、並河から決して盛次を社の外に出してはならないと厳命されていた。だから、幹二たちはその言いつけを守っていたという。

「それで、あっしらは盛次さまは、きっと大狐さまに違いねえって。あっしらを化かすことなんざ、わけねえって噂をしたんでさあ」

幹二は怖気を振るった。次いで、

「盛次さま、どちらへ行かれたんですかね」

「今、追いかけておる。青野さまも大杉さまもな」

村人の証言で燃え盛る診療所から狐の面をつけた男が出て行ったということが明らかになっている。盛次は診療所に火をつけ、逃亡したようだ。

「盛次さまは、比奈殿を殺した。どう思う、比奈殿ばかりではない。村の娘たち三人を殺した、どうしてだろうな」

「そりゃ、申しましたように、盛次さまは気が触れておられるからですよ」

「しかし、仙道殿とは打ち解けた話をしておられたのだろう」

新之助が尋ねると源太郎も横でうなずく。

「そうなんですよ、それで、あっしらも、そんな仙道先生の妹さんを殺し、診療所ごと焼いてしまわれるなんて、そらもう驚いたのなんのって」

幹二は盛んにわけがわからねえと連発した。源太郎も新之助も次第に盛次という男の不気味さをひしひしと感じた。


その頃、源之助は庄屋の木左衛門の家の板敷の囲炉裏端で木左衛門と語らっていた。木左衛門は一件がひとまず落着したことでほっと安堵の表情を浮かべている。

「蔵間さま、ともかく、ご苦労さまでした。まあ、事情が許せば、ごゆるりとしていってください」

「ゆるりとな」

ついつい、つい、自分は何もせずにぶらぶらするしかないことを思って忸怩《じくじ》たるものを感じてしまった。

「これでよかったのかもしれません」

木左衛門はしんみりとなった。それから源之助が見返すとあわてて取り繕うように、

「あ、いえ、もちろん、三人の娘が殺されたことを皮切りに、仙道先生や比奈さん、患者となって泊まり込んでいた村人たち、それに仙道先生の診療所も焼けてしまって、それはひどいことになりましたが」

ここまで言った時に百姓が一人入って来て木左衛門に耳打ちした。漏れ聞こえてくる言葉には診療所がどうのこうの、火事がどうのこうのというのが聞こえる。きっと、診療所の焼け跡を探したのだろう。木左衛門は悲しげに首を横に振り、

「焼け跡から、黒焦げの亡骸がいくつか見つかったそうです。状態からして亡骸の見分けはつかないということです」

さもあろう。

ともかく、仙道道順と比奈、それに診療所のみなは業火に焼き尽くされたということだ。仙道の志もここに断ち切られてしまった。すると、木左衛門が、

「仙道先生にはお気の毒でございましたが、反面ほっとしてもおります」

「どうしてだ」

源之助はまじまじと木左衛門を見た。

「仙道先生は、畏れ多くも公方さま御鷹狩の際、公方さまに駕籠訴をするおつもりでした」

木左衛門は言った。

「そのことは、わたしも聞いた」

ここは正直に打ち明けた。木左衛門は聞き咎めることもなくそうですかと答える。

「仙道殿は岩淵筋の村人たちの暮らしぶりを憂い、少しでもよくしようというお志を持ち、それを公方さまに訴えかけたかったとか」

「そのようでしたが……」

「そなた、何か聞いておったのではないのか」

源之助は視線を凝らす。

「聞きました。駕籠訴……、そのような生易《なまやさ》しいものではございませんでした」

「というと」

「仙道先生は、村人たちを大勢集めて訴えを起こそうと申しておられたのです」

つまり、仙道は村人を先導して将軍徳川家斉の駕籠に訴えかけようとしたのだということか。

「わたしは、もっと、恐ろしいことを仙道先生はお考えになっておられたのだと思います」

木左衛門は恐怖に頬を引き攣らせた。

「なんだ」

問いかけながら源之助の胸も高鳴っている。木左衛門は周囲を見回した。誰もいないのがわかり切っているのに、声を潜めているのは、口に出そうとしていることの重大さを物語っているようだ。囲炉裏の薪が爆《は》ぜる音を聞きながら木左衛門の言葉を待っていると、

「畏れおおくも、公方さまのお命を殺《あや》めようと……。それはもちろん、わたしの勝手な想像でございますが」

「仙道殿がそんな大それたことを考えておられたと思う根拠は何だ」

「仙道先生は常に天下を変えねばならぬと申しておられました。世を変え、民が安寧

に暮らせる世を築くのだとおおせられたのです。時に、異常な真剣さを以《もっ》てです」

「だからといって、それが即公方さまのお命を殺めると考えるのはいかがなものか」

源之助は疑問を呈した。

「それはそうです。あくまで、わたしの想像だけで、はっきりとした証があるわけではありません。ですが、仙道先生の気迫はそれは凄まじいものでした」

木左衛門は言った。

「比奈殿は、比奈殿はそのことについて何かおっしゃってはおられなかったのか」

源之助はあのしっかりとした比奈であれば、兄の暴走を思い止まらせようと思ったのではないか。いや、比奈は言っていた。兄を止めることはできないと。

「ですが、それも、仙道先生が亡くなられてしまったので、全てが平穏に収まりました」

木左衛門は心底ほっとしているようだ。

「このこと、青野さまはご存知なのか」

「もちろん、青野さまにも報告しました」

「それで、なんと申された」

「むろん、仙道先生に目を光らせるようきつくおっしゃいましたが、なんとか、仙道先生を排除したいともお考えのようでした」

　木左衛門は源之助を見返した。

「それで、わたしを使おうとしたのだな」

　源之助が言うと木左衛門は答えない。きっと、そうだろう。大杉盛次による娘殺しが起きていた。その下手人を仙道であるとして、源之助に捕縛させようとしたらしい。

「それはまたずいぶんと強引であるな」

　源之助はため息を吐いた。ずいぶんと見くびられたものだ。あんな手がかりで自分が仙道に疑いを向けるとでも思っていたとは、居眠り番にある、いかにも無能な同心だと思っていたのだろうか。

　情けないやら腹立たしいやら悔しいやら……。

　みじめになって仕方がない。

「しかし、わたしならずとも、下手人は仙道先生ではなく、むしろ怪しいのは大狐こと盛次さまであると目をつけるに決まっていると思うがな」

　源之助は首を捻った。

「ところが、結局、今となりましては大狐さまの仕業と判明したのですが、そうならなかったことも考えられたわけです。なにせ、大杉安芸守さまのお血筋のお方ですから」

「要するに、高々、町奉行所の同心風情が大杉安芸守さまのご威勢に押されて盛次さまに手出しできるはずがないと踏んでおったということだな」

源之助は苦笑を漏らした。

木左衛門はどう答えていいのか困ったか視線をそむけた。

「ともかく、あとは大狐こと盛次さまが捕縛されることを願うばかりだ」

「それは、王子村の面目にかけまして探索に当たっております」

「確かか」

源之助が疑わしそうに眉をしかめると、

「そこまで、見くびらないでください。岩淵筋は公方さまの御鷹場でございます。その御鷹場を荒らされたとあっては、わたしとてもご先祖さまに顔向けができません」

木左衛門は胸を張った。

「その意気だ」

源之助も大きくうなずく。

「蔵間さまは、どうか高見の見物でいらしてください」

「そういうわけにもいかん。わたしも何か手助けしなければと思っておる」

「大丈夫でございます。それより、ご子息の同心さま、ずいぶんとご立派でございますね」

「いや、まだまだだ。激高して己の気持ちを抑制できないことがある。まだ、若いな」

内心では源太郎を誉められて悪い気はしない。

「その若さがよろしゅうございます」

木左衛門は謀反人仙道道順がこの世を去り、安心したせいか、舌がずいぶんと滑らかになっていた。

五

源太郎は幹二たちの取り調べを終えると町廻りに出て神田三河町の京次の家までやって来た。三味線の音もなく、しんとしている。ひょっとして京次はまだ寝込んでいるのだろうか。お峰はそれに遠慮して三味線を鳴らすことも、常磐津の稽古もやっていないのではないかと胸騒ぎを覚えた。

格子戸を開けようとしたところで、

「だから、なんでもねえって言ってるだろう」

「なんでもないにしちゃあ、妙に親しげだったじゃないかね」

京次とお峰の言い争いが聞こえてきた。

夫婦喧嘩だ。大体、京次という男は歌舞伎役者をしていただけあって男前、当然のごとく女にもてる。お峰が悋気《りんき》を起こすのも無理はなく、夫婦喧嘩が絶えないのだ。

その夫婦喧嘩が行われているということは京次が元気になったということだろう。ほっと安堵して格子戸を軽く叩く。

「許せよ」

ひと声かけたところで夫婦喧嘩が収まった。格子戸を開け顔を見せると、たった今の剣幕《けんまく》は何処へやら、お峰は満面の笑みで源太郎を迎えた。京次はばつが悪そうに頭を掻いている。

「元気になったようだな」

「もう、元気も元気、元気が余って浮気なんぞしてますよ」

お峰は皮肉っぽく笑いかけた。京次がむっとして反論しようとしたのを、

「まあ、それくらいにしておけ」

源太郎が中に入り、夫婦喧嘩を収めた。お峰は茶を淹れますと出て行った。京次は

背筋を伸ばして座り直し、

「このたびはお役に立てませんで」

「いや、養生できてよかったじゃないか。こちらは、なんだかんだあったがな」

「王子村、首尾はいかがでした」

「それがな」

源太郎は新之助と共に、大杉屋敷から盗み出された掛け軸を追って大狐の社へ乗り込んだ顚末《てんまつ》を語った。

「そいつは、ずいぶんと大がかりな御役目でしたね。それにしましても、鎌鼬の義助が捕縛されたってんで、大した評判になっていますよ」

京次は言った。

「牧村殿のお手柄だったんだが、大杉屋敷の掛け軸盗難には意外なからくりがあったもんだ」

「まったくですね、世の中、わからねえもんですよ」

京次が苦笑を浮かべたところで、

「どうしたんだい」

お峰がお茶と羊羹《ようかん》を持って来た。

「ま、色々あるってことよ」

京次はお峰に向こうへ行っていろと目で言う。お峰は不満そうだったが、黙って従った。

「ところで、蔵間さまは日光からまだお戻りじゃございませんか」

「もう、そろそろだと思うがな」

つい声が曇ってしまった。京次に気付かれるかと思ったが幸いにも京次は気に留めることもなかった。

「それで、大狐なのだが。目下、鷹番や大杉さまのご家来衆が追いかけておる。江戸市中に入ったとしたら、当然ながら我らの手で捕縛せねばならない」

源太郎は並河から聞いて作成した大杉盛次の人相書きを示した。疱瘡《ほうそう》を患った名残《なごり》の痘痕《あばた》が右目を中心に顔の右半分を覆っている。人混みの中にあっても、一目で探し当てることができる面相だ。

「まさか、狐の面を被ったまま江戸市中を徘徊することはないであろうからな、この人相書きを元に江戸市中を廻ることになった」

「お安い御用で、休んでいた分、しっかりと働きますぜ」

京次は請け負った。

「病み上がりだ、無理をしない程度にな」

「無理なんてもう、こちとら、身体が鈍《なま》っていけませんや。それに、家でごろごろしていたんじゃ、うるせえのがいますからね。かといって、用もねえのに外を出歩いたんじゃこれまたどっかで浮気してきたんだろうって、始末が悪いったらねえですからね」

　京次は腹を抱えて笑った。

「それなら、頼むとするか。もちろん、わたしだって目を皿のようにして探す。とにかく、大勢の人間を殺めた男だ」

「江戸市中でも、人を殺めなさるかもしれませんね」

「その可能性は大いにある。なにせ、正気のお方ではないからな」

　源太郎はため息を吐いた。

「まったく、世の中、残忍なことが起こるもんですぜ」

「それゆえ、我らがいるともいえるがな」

　源太郎は唇を噛み締めた。

「大狐さまか」

　京次は人相書きをしげしげと眺めた。

源之助は鳥見役組屋敷の居間にあって、盛次捕縛の状況を見守った。村人たちが動員され行方を追っている。雑木林、寺社は元より、家々にも上がり込み調べたのだが、盛次の行方はさっぱり摑めなかった。

「岩淵筋からは逃れてしまったのではないのですか」

源之助は青野に訊いた。青野は苦々しい顔をして、

「そうかもしれん。しかし、狐面をつけたままでは、この白昼の下、いやでも目につくはずなのだがな。かといって、狐の面を外しては、失礼ながら盛次さまの面相ははなはだしく目立つ」

青野が言った時、並河が駆けつけて来た。盛次の行方が摑めないことを青野は訴えかけた。

「当家を挙げて探しております」

「何処か行く当てがあるのでしょうか」

源之助が訊いた。

「いや、そんな所はないと存ずるが」

並河は明らかに困憊《こんぱい》していた。顔色は悪く、額には脂汗が滲んでいる。目が血走り、

必死さだけで身体を支えているかのようだ。

「ともかく、街道沿いはもとより、脇道にも目を配っております」

並河は言った。不幸中の幸いなのは、将軍鷹狩警護のために国許よりも家臣を集めていたため、人数を繰り出せるのだという。それにしても、大変な事態になったものだ。

「わが殿も覚悟なさっておられる。上さまの御鷹狩が終わったら、進退を判断される。むろん拙者も」

並河の顔には悲壮な決意がみなぎっていた。

「ともかく、追わねば」

並河は自分の気持ちをしゃきっとさせるがごとく背筋を伸ばした。

「江戸市中の手配りはいかがなっておりますか」

青野が訊いた。

「牧村、蔵間の両名に盛次さまの人相書きを渡し、江戸市中でも探索に当たってもらうよう依頼した」

並河は源之助によろしく頼むと頭を下げた。

「ところで、盛次さま、捕縛の際に大いなる抵抗を示されたとしましたら、なんとしますか」

源之助は言葉の裏には場合によっては斬り捨ててもいいかという意味を込めた。

「斬り捨てるもやむなし……」

並河は腹から絞り出すような言葉を発した。青野は黙っている。

「できるなら、捕えてお引き渡しくだされ」

並河は力なくそう付け加えた。

「さて、一回りします」

源之助は言った。

「拙者もだ」

並河が言った。

「ならば、拙者も」

青野もいたたまれなくなったようだ。

第六章　茜富士《あかねふじ》の決着

一

大狐こと大杉盛次の行方はようとして摑めなかった。じりじりとしているのは、源之助や源太郎、新之助だけではない。並河彪一郎も青野茂一郎もその責任を問われることは明白だ。いや、責任といえば、そもそも大杉安芸守が当然負うべきもので、岩淵筋は村人たちの不満が次第にどす黒い炎となって立ち昇っていた。

ここで、源之助はもう一度、原点に戻ってみようと思い立った。そもそも、自分が岩淵筋にやって来たのは、そこで起きていた猟奇殺人の探索であった。大杉安芸守の用人並河彪一郎の依頼である。鳥見役組頭青野茂一郎もそれを願ったが、源之助に頼ることもなく、下手人は仙道道順であるかのように仕向けてきた。探索が進むうちに、大狐という存在が浮上した。そんな矢先、仙道には将軍家斉へ駕籠訴に及ぶという企てがあることがわかった。

後日、駕籠訴は仙道単独ではなく、仙道に加担する村人たちも巻き込む大がかりなものだったことが判明した。ここに至って、青野の狙いが仙道に駕籠訴や村人を扇動《せんどう》させる前に、仙道を一連の娘殺しの下手人として源之助に捕縛させることであることがわかった。岩淵筋という閉鎖的な一帯にあって、村人たちから信頼されている仙道を鳥見役たる自分が捕縛すると村人たちから反発を受け、それが、将軍鷹狩を控えた今はまずいという政治的判断のようだ。

並河も藩主盛定の実弟盛次の不行跡《ふぎょうせき》が表沙汰になることはまずい。その思いから、仙道の責任にしてしまおうという意図《いと》が働いたようだ。

一方、仙道道順は大狐こと大杉盛次の治療を行っていた。仙道は自分の治療によって盛次の気の病が改善していると確信し、そのため一連の娘殺しの下手人を盛次とは考えていなかった。

その結果、仙道は盛次によって妹や患者たちと共に殺され、診療所は焼かれてしまった。盛次は大狐の社を捕方に踏み込まれ逃亡を図った。追手から逃れようと仙道を頼ったのだろう。盛次を疑わない仙道は匿《かくま》ったに違いない。ところが、それが裏目に出てしまったということだ。


思案をしつつ飛鳥山にやって来た。

権兵衛の茶店を覗いた。

権兵衛は源之助を見て深くため息を吐いて絶句した。このような悲惨な結果となったことを源之助の力不足と批難しているようでもあり、あまりに惨たらしい事件の連続に言葉すらないようでもある。

それでも、

「大狐さまの行方、おわかりになったのでしょうか」

「今のところはまだだ」

源之助は権兵衛と視線を合わせることができない。

「大狐さまが捕まらない限り、安心できませんね」

権兵衛のため息が白い息となって横に流れた。

「ところで、そなた、仙道は怪しげな侍と交わっていると申しておったな」

「はい」

権兵衛はおずおずと首をすくめる。

「その者たち、どのような侍であったのだ」

「さて、そう訊かれましても……、どうして、今更、そのようなことをお尋ねになるのですか」

「自分でもわからん。だが、妙に気になってな」

源之助は考えがまとまらない中、改めて権兵衛に思い出してくれるよう頼んだ。権兵衛は考え考え、

「お侍さまでしたが、何せ、覆面をしておられましたので」

と、申し訳なさそうにぺこぺこと頭を下げた。

源之助は閃《ひらめ》くものがあった。

「その侍、すらりとした背丈であったのか」

「そうです。背の高い、いかにも品性卑《いや》しからぬお侍でございました」

盛次なのではないか。仙道は盛次の治療を行っていた。仙道が盛次をあの社から外に連れ出すことはできたのではないか。いや、外に出ることは許されていなかった。少なくとも昼間は大狐の社から外に出ることはできなかったに違いない。するとやはり、盛次ではないということか。

一体、何者なのであろう。駕籠訴に関係があるのだろうか。

「蔵間さま、ともかく、一件は落着と考えてよろしゅうございますね」

「そうじゃな」

つい、言葉が弱々しくなってしまう。それを権兵衛は不安そうに見ていたが、自分の気持ちを落ち着かせようとしたのか、追及してくることはなかった。

「ならば」

源之助は茶店を出た。寒風が身体中にまとわりつく。寒さは日に日に厳しさを増す。大狐こと盛次を捕まえないことにはこの一件が終わるということはない。

源之助の目には冬ざれの光景すらも目に沁みた。


一方、源太郎と京次は盛次を求め江戸市中を探索に回っていた。盛次が岩淵筋から姿を消してから三日が過ぎている。

今日は霜月の晦日《みそか》、将軍鷹狩は明日である。

盛次の行方どころか、影すら摑むことができなかった。足を棒にして、上野から神田、日本橋の旅籠、料理屋、茶店、町人地を隈なく探して回り、聞き込みにいそしんだ。しかし、全く痕跡すらもつかめない。

日本橋本石町《ほんこくちょう》の時の鐘が無情に暮れ六つ（六時）を告げる。それを聞きながら源太郎と京次は、徒労感を強くしていた。

「さっぱりですね」

京次はつい泣き言を言った。源太郎もため息を漏らした。白い息が流れて消えてゆく。それが、成果のない探索を物語っているような気がして虚しさが際立つ。

「諦めずに、地道に探すさ」

「それしかありませんや」

京次もうなずいたところで源太郎の目の前を女が通り過ぎた。雑踏の中に紛《まぎ》れ、紫のお高祖頭巾《こそずきん》で顔を隠してはいるが、その理知的な目元は忘れようがない。

比奈……。

仙道道順の妹、比奈である。しかし、そんなはずはない。比奈は大狐こと盛次に殺された。首を切られたのだ。

いや、首を切られたということだったが、その首は見つかっていない。仙道が首のない亡骸を確認して比奈と断定しただけだ。比奈だと確証できたわけではないのだ。

「どうしました」

京次が源太郎の異変に気づいた。

「あの女をつけてくれ。行き先を突き止めるのだ」

「わかりました。なら、あっしの家で待っててくだせえ」

　京次は言うや比奈のあとを追った。

　比奈は薄闇の中、日本橋本町《ほんちょう》の横丁へと入って行く。京次はそっとあとをつけた。

と、比奈は前のめりになった。どうやら、草履《ぞうり》の鼻緒《はなお》が切れたようだ。京次はすかさ
ず、そしてさりげなく、

「鼻緒が切れましたね」

と、声をかけた。比奈は見上げながら戸惑う。警戒心を呼び起こすかと思われたが、
そこは歌舞伎の京次、実に自然な所作で懐中から手拭を取り出すと、歯で手拭の端を
咥《くわ》え、きりりと裂いた。遠慮がちな比奈から、さっと草履を取る。

　そして、手拭を地べたに敷き、

「ちょいと、ここに足を乗せてなすって」

　比奈の足が汚れないようにとの気遣いである。比奈はそっと足を置いた。

「少しの辛抱ですからね」

　京次は言いながら手拭の切れ端で草履の鼻緒を繋いだ。

「さあ、これで、大丈夫ですよ」

京次は笑みを広げて草履を差し出した。

「ご親切にありがとうございます」

「礼には及びませんよ」

「でも、手拭が」

比奈は足に敷いた手拭を拾い上げ土を払った。

「なに、かまいませんや。かかあはうるさく言うでしょうが、まあ、雑巾《ぞうきん》にでもしますよ」

女房がいることを示し、比奈を安心させる。

「奥さまに悪いですわ」

「奥さまなんて大したもんじゃねえんで。それより、冬の日は短い、もう、暗くなってきましたよ。どちらにお帰りなんですか。女の一人歩きは物騒《ぶっそう》ですぜ」

「もう、すぐそこですから、お気遣いなく」

比奈は半町ばかり先にある商家を指差した。薄闇に浮かぶ屋根看板には駿河屋《するがや》とある。薬種問屋のようだ。

「薬種問屋のご新造《しんぞ》さんですか、これは失礼しました」

「いえ、少しばかりご厄介になっているだけです」

比奈は頭を下げると急ぎ足で駿河屋へ歩いて行く。京次はそっとあとをつけた。比奈は駿河屋の裏木戸から中へと入って行った。比奈の言葉に嘘はなかった。程なくして、母屋の障子が開いた。座敷から男が出てきた。真っ黒に日に焼けてはいるが聡明そうな男である。

「遅かったではないか」

「すみません」

比奈は頭を下げる。

「大事な時なのだ。やたらと出歩くでない」

男は厳しい表情となった。

「兄上、やはり実行されるのですか」

「当たり前ではないか」

薄闇にあっても男の双眸が光るのがわかった。

二

「これ以上のことはおやめになって」

比奈は言った。

「今更引き返すことはできぬ」

男は座敷に入るとぴしゃりと障子を閉めた。京次は踵《きびす》を返し、木枯らしを追い立てるかのように駆けだした。


源太郎はお峰から茶を出され、黙然と飲んでいた。

「すまぬな、亭主ばかりに働かせてしまって」

「いいんですよ。風邪で寝込んだ分、働かせてください」

お峰はくすりと笑った。それから待つこともなく京次が戻って来た。お峰は気をきかして部屋から出て行った。京次は落ち着き払って報告をした。

「薬種問屋駿河屋か」

源太郎はそこにいた男が仙道道順に違いないと思った。

「すると、仙道ってお医者は死んだふりをしていたのですか」

「おそらくな」

「火事は、仙道の仕業ですか、寝泊まりしていた患者が巻添えを喰ったんですよ」

京次はむげえと何度も首を横に振った。

「自分が死んだように見せるために患者ごと診療所を焼いた。その目的は……」

源太郎は立ち上がった。

「これから、行きますか」

「決まっている」

源太郎は大刀を腰に帯びて走りだした。京次も迷わず案内に立つ。

二人はつむじ風のようになって日本橋本町の駿河屋へとやって来た。

「あっしが行ってきます」

京次が断りを入れてから裏木戸から中に入った。源太郎は裏木戸に佇《たたず》み様子を見計らった。京次は母屋の裏口に立つ。

「もし、夜分、畏れいります」

声をかけると引き戸が開けられ、店の奉公人と思《おぼ》しき若い男が顔を出した。

「すまねえが、比奈さまに使いがあるんですよ」

京次が声をかけると男は家の中に消えた。程なくして比奈がやって来た。

「どうも」

京次が声をかけると比奈は、「あら」と戸惑いの声を上げたまま立ち尽くした。

「ご一緒にいらっしゃるのは、兄上の仙道道順先生ですね」

するとと比奈の目が吊り上がり、口の中をもごもごとさせた。京次が仙道先生とお話がしたいと言うと、比奈は無言で奥に引っ込んだ。待つこともなく足音が近付いてきた。仙道は比奈を従え裏口に現れた。

仙道は京次を見て戸惑っている。ここで、源太郎が裏木戸から中に駆け入った。その姿を見て、

「き、貴殿は」

続いて比奈が、

「蔵間さまのご子息ですね」

源太郎は静かに返した。

「先生、まさか、こんな所でお目にかかるとは思ってもおりませんでした」

仙道は口をへの字に引き結んだ。

「事情をお話しください」

源太郎が問い詰めたところで比奈がどうぞお上がりくださいと口添えをした。仙道は押し黙ったままだ。源太郎は無言で上がった。京次も続く。

「兄上、奥へまいりましょう」

比奈に言われ仙道もようやくのことで我に返り、奥へと向かった。源太郎と京次は比奈の案内で居間へと入った。比奈は茶を淹れようとしたが、源太郎は無用だと告げる。仙道は眉間に皺を刻み火箸で火鉢の灰を搔き混ぜた。

「兄上、お話しになる必要があると思います」

比奈は毅然《きぜん》としている。仙道はそれに促されるようにして源太郎に向き直った。

「わたしは、以前、お父上にお話し致したのだが、公方さまに駕籠訴に及ぼうと思っておりました」

「岩淵筋に住まう民の暮らしぶりについて、改善を願い出ることですね」

これには仙道は曖昧なうなずきを返すのみであった。源太郎は気にかかったが問いかけを続けた。

「嘆願書を出すだけではなく、村人たちを扇動しようとさえ、なさろうとされたとか」

「そういうことになっておるようです」

仙道は薄笑いを浮かべた。

「兄上、腹を割られたらいかがですか」

比奈は我慢できない様子である。仙道も踏ん切りがついたのか、

「本当に、わたしが訴えたいのは鳥見役青野茂一郎の不正であるのです」

「青野さまの」

源太郎は青野の青白い顔を思い出した。でっぷりとした容貌には不似合いな憂鬱で神経質そうな表情。いかにも将軍鷹狩を前にその重責に押しつぶされまいと頑張っているかのようだったが……。

「青野は鳥見役をいいことに、村人たちから年貢を絞り取り、その一部を横流しして利を稼いでおるのです。当初、わたしは村人たちの困窮は御鷹場の暮らしそのものにあると思いました」

それゆえ、青野に暮らしぶりの改善を求めたのだという。しかし、青野は取り上げなかった。それは、青野の役人根性、事を荒立てることを好まず、ひたすら保身に尽くす姿勢そのものにあると思っていた。

「しかし、村人たちは年貢の取り立ての厳しさはあっても、青物の売買でそれなりの利が得られるということがわかりました。牛蒡、人参、大根など、江戸市中へ持って行けば高値で売れる青物が岩淵筋では収穫できるのです。そこで、診療にやって来る村人たちの話にじっくり耳を傾けることにしたのです」

村人たちの話を聞くうちに、青野による不正に行き着いたのだった。青野は収穫された牛蒡、人参、大根の半分を飢饉《ききん》、災害に備えると称して鳥見役屋敷の土蔵に運ばせた。ところが、備蓄《びちくよう》用の青物は転売されていたという。

「わたしは、青野こそが悪の根源と思い、青野の不正を正そうと考えました。折から公方さまの御鷹狩があるとのこと。青野の不正を訴えるにはまたとない機会と思ったのです」

ところが、そこへ寺社奉行大杉安芸守の用人並河彪一郎が訪ねて来た。

「近々、大杉安芸守さまの弟君盛次さまが王子村にやって来る。盛次さまは気の病である」

並河は仙道が蘭方医としては優秀であり、尚且《なおか》つ、岩淵筋という江戸市中から離れた場所にあって治療ができるということもあり、盛次の治療を頼まれたという。

「正直、これは厄介なことになったと思いましたが、一方これはうまくすれば、利用できるとも思ったのです」

仙道にすれば、大杉安芸守と繋がりを持てるということは将軍鷹狩での訴えについて便利なことのように思えた。

「つまりでござる」

仙道はここで軽く咳をした。

「駕籠訴はしなくてよくなると思ったのです」

　盛次を治療して大杉安芸守の信頼を得られれば、大杉安芸守を通じて将軍徳川家斉の耳にも青野の不正が届くに違いないということである。

「なるほど、それが、娘殺しが起きて目算が狂ったということですか」

　源太郎はここまで言ってから言葉を止めた。それから真剣な眼差しを仙道に注いだ。

「娘殺し、仙道先生ではないのですね」

　深く念押しをした。

「むろんでござる。これは、天地神明にかけて偽りはなし」

　仙道は言った。

「蔵間さま、兄を信じてください。わたくしは、蔵間さまのお父上が診療所にまいられ、娘殺しを探索しておられると聞き及び、てっきり青野の差し金と思いました。わたくしはお父上の目を大狐に向けました。いきなり、青野が疑わしいと言うことには躊躇《ため》いがあったのです。お父上が青野と通じていて、青野の指示で動いていると疑ったものですから」

　比奈は源太郎に源之助を疑ったことを詫びた。

「では、下手人は盛次さまということですか」

「そうではないと思います。青野の仕業でしょう」

青野は岩淵筋で盛次を預かることになり、盛次が心を病み、大杉屋敷の女中たちを殺めたことを知った。一方、仙道が自分の不正を暴こうとしていることも気付いた。そこで、仙道を下手人に仕立てて殺しが行われていることにしようとした。

「娘たちは、わたしの診療所を助けてくれましたが、一方、使いで青野の鳥見役屋敷へも通っておったのです。牛蒡、人参、大根の備蓄がなく転売されていることを探り当てたのも三人の娘たちでした」

「ということは……」

「わたしがいけなかったのです」

ここで比奈ががっくりとうなだれた。仙道の目が厳しく揺れた。

「わたしは、兄の行いを知り、ついつい、娘たちに協力を求めてしまったのです」

「娘たちは青野の屋敷を探っていて、青野に見つかり、口封じをされたということですか」

「そういうことだと思います」

比奈は目を伏せた。

「娘たちは、目を潰されたり、耳や鼻を削がれたと聞いていますが、それも青野がやったのだと」

「青野はおそらく、盛次さまの大杉屋敷での行状を耳にし、当初は盛次さまを下手人に仕立てようとしたのだと思います。それが、兄が自分の不正を断固として正そうとしているのだと知り、兄に濡れ衣を着せようとしたのだと思います」

それまで黙っていた京次が、

「ずいぶんと手の込んだことで」

と、ため息混じりに言った。

三

「それでは、診療所に火をかけたのは青野の仕業ということですか」

源太郎が聞いた。

「いかにも。青野は源太郎殿のお父上、蔵間殿がわたしを娘殺しの下手人として捕縛しないことに業を煮やしたのです。それで、大狐の社が手入れされて盛次さまが逃亡したのを知って、盛次さまが気が触れ診療所を燃やしたように見せかけたのです」

仙道は悔しさと怒りで顔をどす黒く膨れさせた。

「危機は、比奈が襲われた時にわかりました」

仙道は言った。

「というと」

源太郎が問い直す。

「青野の配下の者は、比奈と診療所にいた別の娘を間違えて殺しました」

仙道の言葉を引き取り比奈が、

「お静ちゃんという診療所を手伝ってくれていた娘です。たまたま、お静ちゃん、枯田に転んで着物が汚れてしまったので、わたしの着物を貸してあげたのです」

それが災いし、間違われて殺されたということだ。お静は比奈とは背丈、髪型が同じで後ろ姿はそっくりだという。比奈はお静のことを思い出したのか目を伏せて黙り込んだ。

「わたしは、これで、青野の意図を知りました。青野はいよいよわたしを殺そうとしているのだと」

仙道が身構えているとやがて診療所に盛次がやって来たという。

「盛次さまは、手入れを受け、驚いてわが診療所に助けを求めてこられたのです」

仙道が盛次を匿ったところ、突如として火が回った。盛次は焼死してしまった。運悪く、患者たちは煙に巻かれて、助け出そうとした時には既に息を引き取っていたという。比奈はお静が殺された直後、仙道が懇意にしている江戸市中の駿河屋を頼るように言って岩淵筋を逃した。その際、仙道はいかにも盛次こと大狐の仕業であるかのように装うのと比奈が死んだように見せるため、お静の首を切った。

「可哀そうなことですが、首は診療所の裏庭に埋めました。火が回り始めると、盛次さまが持っていた大狐の面を被り、診療所を抜け出した」

「村人たちが目撃したという診療所から出て来たという大狐とは……」

「そうです。わたしでした」

仙道は比奈を追い、江戸市中へと向かった。てっきり、盛次が逃亡を図ったと追手がかかり、盛次の人相書きが出回ったため、仙道は容易に追及から逃れることができたという。まさしく、不幸中の幸いというものだ。

「わたしは、駿河屋に匿われ、青野の不正を正すことを誓ったのであります」

仙道は言った。

「兄上には、これ以上危ういことはやめて欲しいと思います。兄に、岩淵筋に戻って欲しくはないのです。もし、そんなことをすれば、今度こそ命がありません」

比奈は訴えかける。

「それはできん。わたしは、青野の不正を正す。そうせずにはおかない。断じてな」

仙道は決意を更に燃え立たせてしまった。

「兄上、お命が亡くなってしまっては元も子もないのです」

「それでは、死んだ者はどうなる。死んだ者に申し訳ないとは思わぬか。わたしは、命に代えても青野の罪を糺《ただ》さねばならぬのだ」

仙道は厳しい顔をした。

比奈は仙道の表情から決意が揺るがないことを見て取ったようだ。

「明日です。明日、将軍家の御鷹狩が行われます。わたしは、なんとしても青野の罪状を正すべく、訴状を公方さまにお届けする決意にございます」

仙道は言った。

「いいでしょう。わたしもまいります」

源太郎はごくごく自然な気持ちからそう言ってしまった。比奈がおやっという顔をする。

「わたしと一緒の方がいいのです」

「いやしかし」

仙道は躊躇《ためら》った。

「あっしも行きますよ」

当然のごとく京次が言った。

「いや」

仙道は遠慮したが、

「今更、なんです。遠慮は無用。事件の真相を知ったからには後には引けません」

源太郎は半身を乗り出し、決意を示した。

「ならば、わたくしもご一緒致します」

比奈も自分だけが行かないのは納得できないとばかりに言い立てるが仙道は承知しなかった。

「そんな」

比奈は悲しげに睫毛を揺らす。

「ならば、早速まいろう。今から発てば明朝早く村に到着致します」

仙道が言う横で落胆している比奈が気の毒になり、

「それでは、比奈殿、使いを頼まれてください」

源太郎はこのことを北町奉行所の牧村新之助に報せるよう願い、比奈は承知した。

その上で、仙道に向き直った。

「わたしに一計があります。わたしが、仙道殿を捕縛し、王子村の寺社奉行大杉安芸守さまに差し出すということにしてはいかがでしょうか」

源太郎の提案に、

「それがよろしゅうございますわ。蔵間さまに伴われ、大杉さまを訪れれば、青野さまとて手出しができませんもの」

比奈も積極的に勧めてくれた。仙道も心を動かされたようで表情を和ませ、

「かたじけない」

「礼は事が成就《じょうじゅ》してからにしてください」

源太郎は微笑みを返した。


その頃、源之助は鳥見役屋敷にいた。飛鳥山の茶店の主人権兵衛から聞いた仙道とやり取りした侍は並河彪一郎ではないかと思ったのだ。

青野に大狐こと盛次の探索状況を尋ねた。

「それがまだ捕縛の報せがまいらぬ」

青野は苦い顔である。

「最早、逃げおおせたということですか？　それにしても、逃げおおせるというのは

おかしなものですな」

源之助の言葉を青野はおやっという顔で受け止めて、

「どういうことだ」

青野の目がしばたたかれる。

「いや、はっきりとは申せませぬが、果たして盛次さまは逃亡したのかと、ふと疑問に感じたのです」

青野が目を大きくしばたたいた。

「診療所の亡骸、しかと調べた方がよろしかろうと思います」

源之助の提言を青野はこの時ばかりは真摯《しんし》に受け止めた。すぐに調べると立ち上がり、小者たちに声をかけ、仙道の診療所に向かう。源之助も加わった。

診療所の焼け跡には黒焦げた亡骸が横たわっていた。男と女の区別はつくが、誰なのか面相はとてものこと、見分けられるものではない。一番、背丈の大きな男が仙道と思われた。

「これが仙道と思われるのだが」

青野が指差した。

「いかにも仙道殿と言われれば、そんな気もしますが、そうでないと言えなくもありません」

「すると、この男は……」

青野の問いかけには答えず、

「盛次さまが診療所から抜け出し岩淵筋から逃亡したというのは、どういう根拠に基づく判断でしたかな」

逆に問い直した。

「それは、何人もの村人が目にしておるのだから間違いない」

「しかし、それは、盛次さまではなく大狐さまだったのではないのですか」

「どういう意味じゃ」

青野の顔に怯えが浮かんだ。しかし、答えは青野の頭にもあるようである。源之助はそれがわかっていながらも、

「村人が目撃したのは、あくまで狐面を被った白絹の小袖に真紅の袴を穿いた侍ということです」

「その狐面の男は盛次さまにあらず、仙道道順であるということか」

「いかにも」

源之助が答えたところで青野は歯噛《はが》みをした。それから顔を真っ赤にして、

「すると、殺されたのが比奈というのも怪しい」

「さて、そこまではわかりませぬが」

言いながらも源之助は殺されたのが比奈ではないように思っている。そこへ、鳥見役屋敷の小者がやって来た。なんと手に生首を提げている。青野は悲鳴を上げたが、威厳を取り繕うように苦い顔をして、

「なんじゃ、それは」

と、不機嫌に吐き捨てた。

「裏庭に埋めてあったのです」

小者は申し訳なさそうに答えた。

「比奈殿か」

源之助が問いかけると、

「それが……。診療所を手伝っていた娘の一人らしいのです」

小者が答える前に源之助は首を検《あらた》めた。比奈ではない。

診療所の庭で枯菊を火にくべていた娘、源之助が後ろ姿を見て比奈と見誤った娘。お静である。

「そうか、やはり、殺されたのは比奈ではなかったのだな。仙道め、妹が殺されたように見せかけて自分の罪を盛次さまに着せようとしたのだ。これで、一連の殺しが仙道の仕業であると決まったな」

　青野はこれで納得しただろうというような顔で源之助を見た。源之助も反論ができず、仙道の仕業であることを受け入れた。仙道は逃亡した。比奈も逃亡したとなると、その疑いは限りなく濃いものとなった。

「仙道は妹共々、岩淵筋から逃亡した」

　青野は悔しげに唇を噛む。

「しかし、仙道が村の娘たちを殺した理由がわかりません」

　源之助は腹から絞り出すように疑問を口に出した。

「おそらくは、村人を扇動し謀反を起こすという企みが娘たちに気づかれたのではないか。そのための口封じであろう。仙道は一連の殺しの下手人を盛次さまに背負わせようとした。盛次さまではなく、仙道を追わねばならん。しかし、明日はいよいよ公方さまの御鷹狩……。待てよ、仙道め、一旦我らの前から姿を消し、公方さま襲撃を企てておるのか」

　青野の目が鋭く凝らされた。

四

翌師走の一日、将軍徳川家斉の鷹狩の日を迎えた。

岩淵筋一帯、それこそ隅から隅にまで緊張の糸がぴりりと張り巡らされた。塵一つなく掃き清められた橋や往来は、勝手な出歩きを禁じられているため、村人たちの姿はない。代わって鳥見役や大杉安芸守配下の侍たちがいかめしい顔つきで警護に当たっていた。

源之助は鳥見役屋敷に出向いた。御用屋敷もぴりぴりとしていた。庭には黒紋付に袴の木左衛門を始めとする庄屋が畏まっている。みな、家斉への目通りを許され、挨拶の言葉を用意していた。

青野は母屋の縁側に据えられた床几《しょうぎ》に腰を下ろしていた。陣笠《じんがさ》を被り、肥え太った身体を野袴、火事羽織を重ね、両目が吊り上がっている。鷹狩は軍事演習の役割を果たすことからまさに戦陣を形作っているということだ。

青野は源之助の姿を見ると、王子権現へと向かうべく立ち上がった。

青野に率いられた一行は黙々と歩を進め王子権現にやって来た。家斉の御座所のある金輪寺へと向かう。曇天だが、靄《もや》が晴れると、物々しい警護の様子がよくわかった。侍たちがきびきびとした動作で境内を巡回している。中には弓や鉄砲を手にしている者もいた。それらを並河彪一郎が指図していた。

一時《いっとき》ほどが経ち、俄かに騒がしくなった。

将軍徳川家斉を乗せた網代駕籠《あじろかご》が到着したのだ。

家斉は狩衣《かりぎぬ》に身を包み、大杉安芸守を供に御座所にやって来た。周囲を何重にも警護の侍たちが固めている。警護の先頭に立つ並河彪一郎は目を血走らせ緊張の中にある。

家斉はまず、舞台に床机を据えさせた。

舞台の隅に庄屋たちが平伏した。庄屋たちの中に源之助が混じっているものの、特に不審な目が向けられることはなかった。

並河と青野が家斉の斜め後ろに片膝をつき控えた。家斉が襲撃されたなら、直ちに盾になるような位置である。

幕臣といっても、三十俵二人扶持の八丁堀同心の身では将軍に御目見《おめみ》えは許されない。このような近くで家斉を見たのは生まれて初めてのことだ。嫌でも、緊張してしまう。今年四十三歳だ。すらりとし、温和な笑みをたたえた面差しは、将軍と思って見るせいか、柔らかみの中にも威厳を漂わせていた。

「美しいのう」

家斉は舞台から見渡せる景色を堪能した。向かいに広がる飛鳥山に目を止める。

「飛鳥山であるな」

「御意にございます」

青野が答える。

「八代有徳院《ゆうとくいん》さまが植林された桜が春にはさぞや見事な花を咲かせることであろうのう」

家斉は上機嫌だ。

「今は冬とあって、桜を見ること叶《かな》いませんが、春爛漫《はるらんまん》ともなりますと満開の桜が咲き誇ります」

「愛《め》でたいものじゃ」

家斉は桜が満開の花を咲かせる光景を思い浮かべているのだろう。しばらく飛鳥山を見やってから御座所に入った。上段の間の床の間に飾られた掛け軸に目を止めた。竹の切細工に花を咲かせた侘助《わびすけ》が活けられ彩《いろどり》を添えている。

「これが、有徳院さま下賜の掛け軸か。見事なものよのう。さすがは雪舟じゃ」

家斉に不信感を抱いた様子はない。源之助の目に並河の安堵の表情が映った。


やがて、家斉一行は鷹狩へ赴《おもむ》いた。源之助も青野に従って鷹狩の場へと向かった。

天は将軍の鷹狩を歓迎するかのように晴れ渡った。冬晴れの空の下、見渡す限り田畑が広がり左手には装束榎が天に屹立《きつりつ》し、右手には鬱蒼《うっそう》とした雑木林がある。

「あの雑木林の中が気になります。警護の方々を配置されてはいかがですか」

源之助は青野に囁いた。青野は蛇《へび》のような目で源之助を見ると、鼻を鳴らしそっぽを向いた。それは源之助の助言を無視しているようでもあり、既に配置しているという風でもあった。

家斉のそばには青野と鷹匠《たかじょう》がついている。鷹匠は浅葱《あさぎ》頭巾を被って左手に鷹を止めていた。

枯田の中を稲藁を手にした書院番《しょいんばん》たちが勢子《せこ》となって動き回っている。

家斉が、

「行くぞ」

と、言うと鷹匠が鷹を放った。青空に鷹が舞い上がる様は勇壮にして美しい。真っ白な雲がゆっくりとたなびく中、鷹は獲物めがけて飛んで行く。枯田の方々には警護の者たちが立っている。

やがて、鷹が鴈《かり》を捕獲した。

「よし」

家斉の面差しが興奮で火照《ほて》った。

「お見事でございます」

すかさず青野が追従《ついしょう》を言う。

家斉が走りだした。

一行が一斉に動きだす。

鷹狩は順調に推移した。


源太郎は仙道を駕籠に乗せ岩淵筋へとやって来た。しかし、将軍鷹狩とあって、どのような者であれ、通行を禁止され足止めを食った。

結局、岩淵筋に入ることができたのは家斉の鷹狩が終わり、家斉一行が岩淵筋をあとにしてからだった。

昼八つ半（午後三時）を回り、御座所には大杉安芸守や並河、青野が残り、家斉が持参した王子権現への寄付金や領民への見舞金の差配を行っていた。

「まずは、安堵じゃ」

大杉盛定が一同を見回した。並河もほっとしたようにうなずいた。並河は御座所の床の間にかけられた掛け軸を見上げながら、

「掛け軸の一件、全てはわたしのしたこと、盛次さまのこともあり、責めはわたしが負います」

大杉はその言葉を受け青野に言った。

「盛次の行方、まだわからぬのか」

「それが……」

青野は答え辛そうに源之助を見た。源之助から答えろと求めているようだ。大杉も源之助に視線を向けてきた。

「盛次さまは、お亡くなりになられたようでございます」

と、これまでの経緯を語った。大杉の目がむかれ、並河も絶句した。大杉はしばらく黙りこくっていたが、

「らちもない、憐れな奴よ」

呟いたところで青野が、

「必ずや、仙道と妹比奈を捕縛せねばなりません。それには、我らだけでなく、勘定方や町方の力も必要と存じます」

「むろんじゃな」

大杉がうなずく。

「せめてもの幸いは仙道めが、公方さまに駕籠訴をしなかったことです。大方、何処かに隠れ潜んでおることでしょう。岩淵筋の村人どものために立つとか偉そうなことを言いながら、逃げ隠れしておるのです」

青野が嘲《あざけ》った時、境内が俄かに騒がしくなった。何事が起きたのかと源之助が顔を伸ばすと、

「仙道道順、捕縛致しました」

という声が聞こえた。

「源太郎……」

源之助は源太郎の声に反応した。並河と青野が立ち上がり声の方へ向く。すると、そこに源太郎の案内で駕籠が入って来た。源太郎は大杉の前に片膝をついた。

「仙道道順を捕縛致しました」

大杉は無言で駕籠に視線を向けたが、青野が、「でかした」と声をかけてきた。源

太郎は駕籠の垂れを捲《まく》り上げた。縄を打たれた仙道が座っている。

「仙道道順、村人たちを扇動し、娘たちを殺し、更にはそれらの罪を大杉盛次さまになすりつけんとした行い、卑怯《ひきょう》極《きわ》まれり」

青野が怒鳴った。

仙道はそれには答えず駕籠から出ると大杉に向かって、

「仙道道順と申します。大杉安芸守さまに是非、お聞き届けいただきたき儀がございます」

途端に青野の顔が歪む。

「黙れ、狼藉者《ろうぜきもの》」

しかし源太郎は大刀を抜くや仙道の縄を切った。仙道は懐中から訴状を取り出し大杉に掲げて見せた。

「鳥見役組頭青野茂一郎、不正を働き、それが発覚することを恐れ、娘たちを殺害致しました。詳細はこれにございます」

仙道の言葉に青野は色を失った。

源之助は仙道の自信に満ちた態度、青野の動揺、そして背後に控える源太郎が仙道の言葉を肯定するようにうなずくのを見て仙道の無実と青野の罪を悟った。自分としたことがなんと迂闊《うかつ》だったのだろう。まんまと青野に欺かれていた。

今回はしくじったも同然、源太郎でかしたと思っていると、青野が抜刀して仙道に斬りかかった。

すかさず源之助が飛び出し十手《じって》を抜く。

青野の刃を源之助の十手が受け止める間、源太郎が仙道から書状を受け取り大杉に差し出した。大杉は事態に戸惑い、目を白黒させていたが、ともかく書状を受け取った。

「おのれ、無礼者、出あえ、曲者ぞ」

青野が叫ぶと、七人の鳥見役たちが駆けつけて来て、青野に命じられるまま仙道に斬りかかる。源太郎が応戦した。源之助は大杉に向かって、

「御座所の中へ」

並河が大杉を御座所の中へと誘った。舞台の上には白刃が舞った。源太郎は十手から大刀に替え、仙道を背後に庇《かば》って青野たちと斬り結ぶ。大杉の家来たちも応戦し、舞台の上は白刃入り乱れる闘争の場と化した。

「おのれ、かまわぬ、斬れ」

青野の絶叫が轟いた。

「仙道先生を頼む」

源之助は源太郎に言い、刃を青野に向けた。青野はでっぷりとした身体には不似合いなほどの素早さで源之助に斬りかかってきた。源之助は青野の刃を受け止め押し返そうとしたが、青野の巨体は容易には動かず、それどころか押し戻された。鍔《つば》迫《ぜ》り合《あ》いとなりながらも舞台の上をずるずると押され、やがて欄干を背にしてしまった。

「死ね！」

青野がより一層の力を加えてくる。思わず仰《の》け反《ぞ》り、欄干から首や背中が飛び出して舞台から落ちそうになった。歯を食いしばって耐える。

と、不意に青野は背後に飛び退いた。飛び退きながら大刀を袈《け》裟《さ》懸《が》けに斬り下ろしてくる。源之助は身体の均衡を崩しながらも青野の攻撃を受け止めた。しかし、衝撃は凄まじくその場に蹲ってしまった。

青野はニヤリと笑い、大上段に構え直した。そこへ源太郎が斬り込んできた。青野は源太郎と対峙《たいじ》した。

一息吐いたと思ったら青野配下の鳥見役たちの攻撃が始まった。左右から二人が息せき切って迫ってくる。源之助は咄嗟に舞台に身を投げ出した。

二人の敵は勢い余って欄干から飛び出した。悲鳴を上げながら崖を転落していく。

視線を青野に向けると源太郎と刃を交えている。青野の激しい攻撃を源太郎は落ち着いた剣捌きで受け止めている。次第に青野の動きが鈍くなった。肥満した身体を持て余し始めたようだ。

源太郎はそれを見逃さず、攻勢に転ずる。

「てえい！」

裂帛《れっぱく》の気合いを発し、青野の大刀を跳ね上げると籠手《こて》を打った。大刀が舞台に転がる。青野が拾い上げようと身を屈めたところで大刀の切っ先を鼻先に突き付けた。

青野は観念したように舞台にへたり込んだ。そこで大杉が御座所から、

「静まれ！　鳥見役組頭青野茂一郎に味方する者ども、刀を引け！」

大音声《だいおんじょう》で言い放った。

大杉の家来たちと斬り合っていた鳥見役たちは納刀し片膝をついた。

舞台の騒ぎが静まったところで、

「仙道道順、訴えの儀、しかと受け止めた」

大杉は言った。仙道は頭《こうべ》を垂れる。青野はがっくりとうなだれた。大杉は青野の罪を糺すことを約束した。

空が紅《あか》く燃えている。いつの間にか夕暮れを迎えていた。寒風に晒されながらも冬茜の彼方に見える富士の山に源之助は視線を奪われた。

白雪をたたえる富士は紅に染まりながらも凜々《りり》しい姿を刻んでいる。優美にして雄大、そして侵しがたい威厳に満ちていた。その姿は、己が信念を貫き通した仙道道順と比奈兄妹を思わせるものだった。

五

それから、二十四日が過ぎた。

師走も押し迫り、世間は慌ただしい様相を呈しているが、ここ日本橋長谷川町《はせがわちょう》にある履物問屋杵屋の居間は至って平穏、世間とは別世界にあった。

碁盤を挟んで源之助と善右衛門が向かい合っている。源之助が黒石、善右衛門は白石を持って対局していた。まだ、序盤であることからお互いの顔には余裕があり、そのせいで世間話にも花が咲いている。

「日光は楽しかったですか」

善右衛門は碁盤に視線を落としながら訊いてきた。

「それはもう」

適当にいなそうと思ったが、

「陽明門《ようめいもん》の彫り物はまことと見事にございますな。日光を見ずして結構と言うなかれ、とはよく言ったものです」

善右衛門に悪意はないのだろうが、日光東照宮のことに話題を振ってくる。

「そうですな」

源之助は碁に集中する風を装いながら曖昧に言葉を濁した。

「華厳《けごん》の滝《たき》にも足を伸ばされましたか」

「ええ、まあ」

「滝壺に行かれましたか」

「いや、そこまでは」

源之助はひときわ大きな音を立てて黒石を置いた。善右衛門はどうにか碁に神経を向けた。しばし、考えながらぶつぶつと呟き始めた。

「蔵間さまが、ご不在の間、江戸では大きな話題がございました。鎌鼬の義助という大名屋敷専門に盗み入る盗賊が捕縛されたのと、畏れ多くも将軍家の御鷹場を預かる鳥見役さまが不正を働かれ、その罪を隠そうと殺しまで重ねられたとか。それを勇気あるお医者さまが寺社奉行大杉安芸守さまに直訴され、罪を暴かれたとか」

「そのようですな」

言いながらも源之助は仙道のことを思い出した。仙道の訴えは大杉によって聞き届けられ、勘定方が改めて岩淵筋の年貢収納状況を調べ、青野の青物転売を含む不正蓄財が明らかとなった。青野は切腹すら許されず、打ち首に処せられた。

「ですが、ようわからぬのは、大杉さまです。鳥見役青野さまの不正を糺され、公方さまの御鷹狩も無事に仕切られたというのに、寺社奉行の御役目をお辞めになられました」

善右衛門が疑問を投げかけると碁盤から顔を上げた。

大杉安芸守盛定は、掛け軸の偽装の件と弟盛次の不行跡の責任を取って寺社奉行を辞めた。用人並河彪一郎は責めを負って切腹を願い出たが、大杉の強い慰留によって隠居することでけじめとなったそうだ。

「さて、どうしたものでしょうな。お身体の具合がよくないのかもしれませんぞ」

善右衛門を欺くことは心苦しいがやむをえない。

「なるほど、健《すこ》やかでなくては働くことできませぬからな」

善右衛門は疑う素振りもなく源之助の言葉にうなずいた。

「世の中、うまく行かぬことは多々あります」

「大杉さまとしましたら、さぞやご無念でございましたろうな。なにせ、寺社奉行と申さば、将来は御老中へもお昇りになろうというものです」

善右衛門は白石を置いた。

「出世することが全てではございませんぞ」

源之助は黒石を手にした。

善右衛門は無言となった。碁に集中したようである。閉ざされた障子を通して寒雀の鳴き声が聞こえてくる。長閑《のどか》な冬の昼下がりだ。

こうして碁を打つことのできる幸せを噛み締めたくもなる。と、対局が進み善右衛門が好手を打った。

思わず、

「待った!」

源之助は声をかけてしまった。

「おや、待ったなしとおっしゃったのは蔵間さまでしたが」

善右衛門は余裕の笑みである。

「そうでしたが、一度だけ……」

「かまいません」

善右衛門は一旦置いた白石を取ろうとしたが、

「いや、結構でござる」

自分ながら往生際《おうじょうぎわ》の悪さに苦笑を漏らしてしまった。善右衛門はそれではと白石を置き直す。勝ち負けには拘《こだわ》るまい。それは負け惜しみであるし、勝負に拘らなければ、強くはなれない。強くなれなければ、楽しみも深まらないであろう。

今は熱心になっているが、進歩を求めない囲碁であれば、遠からず飽きてしまい、長続きしないかもしれないが、それもよし。

片意地張らずに楽しもう。

庭先から、

「福寿草《ふくじゅそう》やぁー、福寿草。福寿草やぁー、福寿草」

福寿草の売り声が聞こえた。師走の喧騒には不似合いなゆったりとした声音が年の瀬を感じさせた。

文化十二年も暮れようとしている。源之助は来年こそは平穏な一年でありますようにと願った。毎年、暮れになるとそう願っているのだが、叶えられたためしはない。

表の御用は平穏そのものだが、影御用がついて回る。到底、穏やかに過ごさせてはくれない。もっとも、源之助自身、影御用が持ち込まれることを望んでいる。

世が乱れたり、悪事が横行することは決して望むものではないが、八丁堀同心の血が騒ぐ御用を続けたい。

そんなことに思いを馳《は》せているうちについ碁がおろそかになった。視線を凝らし、盤上を睨んだところで善右衛門が白石を打った。

「あっ、待った」

思わず大きな声を出してから、慌てて口を手で覆い、

「いや、待ったはしませぬぞ」

源之助は碁に集中した。

時代小説

二見時代小説文庫

闇《やみ》の狐狩《きつねが》り　居眠《いねむ》り同心《どうしん》　影御用《かげごよう》15

著者　早見《はやみ》　俊《しゅん》

発行所　株式会社　二見書房
東京都千代田区三崎町二－一八－一一
電話　〇三－三五一五－二三一一［営業］
　　　〇三－三五一五－二三一三［編集］
振替　〇〇一七〇－四－二六三九

印刷　株式会社　堀内印刷所
製本　ナショナル製本協同組合

落丁・乱丁本はお取り替えいたします。
定価は、カバーに表示してあります。

©S.Hayami 2014, Printed in Japan. ISBN978－4－576－14157－2
http://www.futami.co.jp/

二見時代小説文庫

居眠り同心 影御用 源之助 人助け帖
早見俊［著］

凄腕の筆頭同心蔵間源之助はひょんなことで閑職に…。暇で暇で死にそうな日々に、さる大名家の江戸留守居から極秘の影御用が舞い込んだ！ 新シリーズ第1弾！

朝顔の姫 居眠り同心 影御用2
早見俊［著］

元筆頭同心に、御台所様御用人の旗本から息女美玖姫探索の依頼。時を同じくして八丁堀同心の審死が告げられた…左遷された凄腕同心の意地と人情！ 第2弾！

与力の娘 居眠り同心 影御用3
早見俊［著］

吟味方与力の一人娘が役者絵から抜け出たような徒組頭次男坊に懸想した。与力の跡を継ぐ婿候補の身上を探れ！「居眠り番」蔵間源之助に極秘の影御用が…！

犬侍の嫁 居眠り同心 影御用4
早見俊［著］

弘前藩御馬廻り三百石まで出世し、かつて道場で竜虎と謳われた剣友が妻を離縁して江戸へ出奔。同じ頃、弘前藩御納戸頭の斬殺体が柳森稲荷で発見された！

草笛が啼《な》く 居眠り同心 影御用5
早見俊［著］

両替商と老中の裏を探れ！北町奉行直々の密命に居眠り同心の目が覚めた！ 同じ頃、見習い同心の源太郎が行き倒れの少年を連れてきて…。大人気シリーズ第5弾！

同心の妹 居眠り同心 影御用6
早見俊［著］

兄妹二人で生きてきた南町の若き豪腕同心が濡れ衣の罠に嵌まった。この身に代えても兄の無実を晴らしたい！血を吐くような娘の想いに居眠り番の血がたぎる！

二見時代小説文庫

殿さまの貌《かお》 居眠り同心 影御用7
早見俊［著］

逆袈裟魔《ぎゃくげさま》出没の江戸で八万五千石の大名が行方知れずとなった！ 元筆頭同心で今は居眠り番と揶揄される源之助のもとに、ふたつの奇妙な影御用が舞い込んだ！

信念の人 居眠り同心 影御用8
早見俊［著］

元筆頭同心の蔵間源之助に北町奉行と与力から別々に二股の影御用が舞い込んだ。老中も巻き込む阿片事件！同心の誇りを貫き通せるか。大人気シリーズ第8弾！

惑《まど》いの剣 居眠り同心 影御用9
早見俊［著］

居眠り番、蔵間源之助と岡っ引京次が場末の酒場で助けた男の正体は、大奥出入りの高名な絵師だった。なぜ無銭飲食などをしたのか？ これが事件の発端となり…

青嵐《せいらん》を斬る 居眠り同心 影御用10
早見俊［著］

暇をもてあます源之助が釣りをしていると、暴れ馬に乗った瀕死の武士が…。信濃木曽十万石の名門大名家に届けてほしいとその男に書状を託された源之助は……

風神狩り 居眠り同心 影御用11
早見俊［著］

源之助の一人息子で同心見習いの源太郎が夜鷹殺しの現場で捕縛された！ 濡れ衣だと言う源太郎。折しも街道筋を盗賊「風神の喜代四郎」一味が跋扈していた！

嵐の予兆 居眠り同心 影御用12
早見俊［著］

居眠り同心の息子源太郎は大盗賊「極楽坊主の妙蓮」を護送する大任で雪の箱根へ。父源之助の許には妙蓮絡みの奇妙な影御用が舞い込んだ。同心父子に迫る危機！

二見時代小説文庫

七福神斬り 居眠り同心 影御用13

早見俊［著］

元普請奉行が殺害され亡骸には奇妙な細工！ 向島七福神巡りの名所で連続する不思議な殺人事件。父源之助と新任同心の息子源太郎よる「親子御用」が始まった。

名門斬り 居眠り同心 影御用14

早見俊［著］

身を持ち崩した名門旗本の御曹司を連れ戻すという単純な依頼には、一筋縄ではいかぬ深い陰謀が秘められていた。事態は思わぬ展開へ！ 同心父子にも危険が迫る！

憤怒の剣 目安番こって牛征史郎

早見俊［著］

九代将軍の世、旗本直参千石の次男坊に将軍の側近・大岡忠光から密命がくだされた。六尺三十貫の巨軀に優しい目、快男児・花輪征史郎の胸のすくような大活躍！

誓いの酒 目安番こって牛征史郎2

早見俊［著］

大岡忠光から再び密命が下った。将軍家重の次女が輿入れする喜多方藩に御家騒動の恐れとの投書の真偽を確かめよという。征史郎は投書した両替商に出向くが…

虚飾の舞 目安番こって牛征史郎3

早見俊［著］

目安箱に不気味な投書。江戸城に勅使を迎える日、忠臣蔵以上の何かが起きる…。目安番・征史郎は投書の裏を探り始めた。征史郎の剣と兄・征一郎の頭脳が策謀を断つ！

雷剣の都 目安番こって牛征史郎4

早見俊［著］

京都所司代が怪死した。真相を探るべく京に上った目安番・花輪征史郎の前に、驚愕の光景が展開される…。大兵豪腕の若き剣士が秘刀で将軍呪殺の謀略を断つ！

父子の剣　目安番こって牛征史郎5
早見俊［著］

将軍の側近が毒殺され、現場に居合わせた征史郎にまで嫌疑がかけられる！　この窮地を抜けられるか？　元隠密廻り同心と倅の若き同心が江戸の悪に立ち向かう！

朱鞘《あかさや》の大刀　見倒屋鬼助《みたおしやきすけ》 事件控1
喜安幸夫［著］

浅野内匠頭の事件で職を失った喜助は、夜逃げの家へ駆けつけて家財を二束三文で買い叩く「見倒屋」の仕事を手伝うことになる。喜助あらため鬼助の痛快シリーズ第1弾

隠れ岡っ引　見倒屋鬼助 事件控2
喜安幸夫［著］

鬼助は浅野家家臣・堀部安兵衛から剣術の手ほどきを受けた遣《つか》い手の中間《ちゅうげん》でもあった。「隠れ岡っ引」となった鬼助は、生かしておけぬ連中の成敗に力を貸すことに…

べらんめえ大名　殿さま商売人1
沖田正午［著］

父親の跡を継ぎ藩主になった小久保忠介。財政危機を乗り越えようと自らも野良着になって働くが、野分で未曾有の窮地に。元遊び人藩主がとった起死回生の秘策とは？

かぶき平八郎荒事始　残月二段斬り
麻倉一矢［著］

大奥大年寄・絵島の弟ゆえ重追放の咎を受けた豊島平八郎、八年ぶりに江戸に戻った。溝口派一刀流の凄腕を買われて二代目市川團十郎の殺陣師に。シリーズ第1弾！

百万石のお墨付き　かぶき平八郎荒事始2
麻倉一矢［著］

五代将軍からの「お墨付き」を巡り、幕府と甲府藩の暗闘。元幕臣で殺陣師の平八郎は、秘かに尾張藩の助力も得て将軍吉宗の御庭番らと対決。シリーズ第2弾！

二見時代小説文庫

人生の一椀 小料理のどか屋 人情帖1

倉阪鬼一郎［著］

もう武士に未練はない。一介の料理人として生きる。一椀、一膳が人のさだめを変えることもある。剣を包丁に持ち替えた市井の料理人の心意気、新シリーズ！

倖せの一膳 小料理のどか屋 人情帖2

倉阪鬼一郎［著］

元は武家だが、わけあって刀を捨て、包丁に持ち替えた時吉の「のどか屋」に持ちこまれた難題とは…。心をほっこり暖める時吉とおちよの小料理。感動の第2弾

結び豆腐 小料理のどか屋 人情帖3

倉阪鬼一郎［著］

天下一品の味を誇る長屋の豆腐屋の主が病で倒れた。このままでは店は潰れる…。のどか屋の時吉と常連客は起死回生の策で立ち上がる。表題作の他に三編を収録

手毬寿司 小料理のどか屋 人情帖4

倉阪鬼一郎［著］

江戸の町に強風が吹き荒れるなか上がった火の手。店を失った時吉とおちよは無料炊き出し屋台を引いて復興への一歩を踏み出した。苦しいときこそ人の情が心にしみる！

雪花菜飯《きらずめし》 小料理のどか屋 人情帖5

倉阪鬼一郎［著］

大火の後、神田岩本町に新たな小料理の店を開くことができた時吉とおちよ。だが同じ町内にけれん料理の黄金屋金多が店開きし、意趣返しに「のどか屋」を潰しにかかり…

面影汁 小料理のどか屋 人情帖6

倉阪鬼一郎［著］

江戸城の将軍家斉から出張料理の依頼！隠密・安東満三郎の案内で時吉は江戸城へ。家斉公には喜ばれたものの、知ってはならぬ秘密の会話を耳にしてしまった故に…

命のたれ　小料理のどか屋 人情帖7
倉阪鬼一郎［著］

とうてい信じられない世にも不思議な異変が起きてしまった！ 思わず胸があつくなる！ 時を超えて伝えられる命のたれの秘密とは？ 感動の人気シリーズ第7弾

夢のれん　小料理のどか屋 人情帖8
倉阪鬼一郎［著］

大火で両親と店を失った若者が時吉の弟子に。皆の暖かい励ましで「初心の屋台」で街に出たが、謎の事件に巻きこまれた！ 団子と包玉子を求める剣呑な侍の正体は？

味の船　小料理のどか屋 人情帖8
倉阪鬼一郎［著］

もと侍の料理人時吉のもとに同郷の藩士が顔を見せて、相談事があるという。遠い国許で闘病中の藩主に、もう一度、江戸の料理を食していただきたいというのだが。

希望《のぞみ》粥　小料理のどか屋 人情帖10
倉阪鬼一郎［著］

神田多町の大火で焼け出された人々に、時吉とおちよの救け屋台が温かい椀を出していた。折しも江戸では男児ばかりが行方不明になるという奇妙な事件が連続しており…。

心あかり　小料理のどか屋 人情帖11
倉阪鬼一郎［著］

「のどか屋」に、凄腕の料理人が舞い込んだ。二十年前に修行の旅に出たが、残してきた愛娘と恋女房への想いは深まるばかり。今さら会えぬと強がりを言っていたのだが…。

江戸は負けず　小料理のどか屋 人情帖12
倉阪鬼一郎［著］

昼飯の客で賑わう「のどか屋」に半鐘の音が飛び込んできた。火は近い。小さな倅を背負い、女房と風下へ逃げ出した時吉。…と、火の粉が舞う道の端から赤子の泣き声が！

二見時代小説文庫

公事宿《くじやど》 裏始末1 火車《かしゃ》廻る

氷月 葵［著］

理不尽に父母の命を断たれ、江戸に逃れた若き剣士は、庶民の訴訟を扱う公事宿で、絶望の淵から浮かび上がる。人として生きるために……。新シリーズ第1弾！

公事宿 裏始末2 気炎《きえん》立つ

氷月 葵［著］

江戸の公事宿で、悪を挫き庶民を救う手助けをすることになった数馬。そんな折、金持ちしか相手にせぬ悪名高い四枚《しまい》肩の医者にからむ公事が舞い込んで……。

公事宿 裏始末3 濡れ衣奉行

氷月 葵［著］

材木石奉行の一人娘・綾音は、父の冤罪を晴らさんと、公事師らと立ち上がる。牢内の父から極秘の伝言は、濡れ衣を晴らす鍵なのか!? 大好評シリーズ第3弾！

公事宿 裏始末4 孤月の剣

氷月 葵［著］

十九年前に赤子で売られた長七は父を求めて、十五年前に十歳で売られた友吉は弟妹を求めて、公事師らと共に闘う。俺たちゃ公事師、悪い奴らは地獄に送る！

箱館奉行所始末 異人館の犯罪

森 真沙子［著］

元治元年(1864年)、支倉幸四郎は箱館奉行所調役として五稜郭へ赴任した。異国情緒溢れる街は犯罪の巣でもあった！ 幕末秘史を駆使して描く新シリーズ第1弾！

小出《こいで》大和守《やまとのかみ》の秘命 箱館奉行所始末2

森 真沙子［著］

慶応二年一月八日未明。七年の歳月をかけた日本初の洋式城塞五稜郭。その庫が炎上した。一体、誰が？ 何の目的で？ 調役、支倉幸四郎の密かな探索が始まった！

密命狩り 箱館奉行所始末3

森 真沙子［著］

樺太《カラフト》アイヌと蝦夷《えぞ》アイヌを結託させ戦乱発生を策すロシアの謀略情報を入手した奉行小出は、直ちに非情なる命令を発した……。著者渾身の北方のレクイエム！